Über das Buch:

Der *Spiegel* nennt ihn »die zentrale Figur der Szene«. Mit dem Schlachtruf »Avanti Dilettanti!« feuert die *FAZ* Ahne und die anderen »Surfpoeten« an. Was ist da los? In jüngster Zeit hat sich im Berliner Osten eine neue literarische Subkultur aufgetan: Autoren lesen in Clubs und Bars ihre Alltagsprosa vor. Und wenn Ahne und die Surfpoeten, inklusive dem DJ Lieutenant Surf, auftreten, steht die stetig wachsende Fangemeinde Schlange.

Ahne gehört mit seinen 32 Jahren zur jungen DDR-Generation, für die die Wende mit einer biographisch turbulenten Zeit zusammenfiel. Frei von Nostalgie und Bitterkeit entlarvt er die Absurditäten des deutschen Alltags: Er erzählt von »gearschten Revolutionären«, Jobs in Marzahn, von seiner Abscheu vor Milchkaffee, den Nervkünsten seines Sohnes und den Erdbeerfeldern eines gewissen Dr. Helmut Kohl.

»Dass auch Dilettantismus eine hohe Kunst ist, kann man bei Ahne lernen. Er bewegt sich mit großer Sicherheit auf dem schmalen Grat zwischen Schulaufsatz und Genialität, wo Charme, Komik, gespielte Naivität und Geistesblitze zusammenfallen. Ahne ist die Avantgarde der Unambitioniertheitsdarsteller aus der Elite der Dilettanten.«
Frankfurter Allgemeine Zeitung

»Eine neue und vergleichsweise anspruchsvolle Form der Unterhaltung jenseits von RTL – und ein sichtbarer Aufstand des Echten, Absurden, Hässlichen gegen die leer drehende Hochglanzwelt der Medienvirtualität.« *Der Spiegel*

Der Autor:

Ahne, am 5. Februar 1968 in Berlin-Buch geboren, hat nach der Schule einen Beruf (Drucker) und Schießen gelernt. Dann kam die Wende und er wurde arbeitslos. Hat Freizeit gelebt, aber auch ein Haus instand-besetzt. Saß in der Bezirksverordnetenversammlung Berlin-Lichtenberg und wurde Vater. Zweimal fiel er knapp mit vier Sechsen durchs Abitur. Seit 6 Jahren bringt er bei der Reformbühne Heim & Welt, seit 4 Jahren bei den Surfpoeten seine Geschichten zum Vortrag (Auftrittsorte siehe Seite 4).

KiWi

609

Ahne

Wie ich einmal die **Welt** rettete

Kiepenheuer & Witsch

Vorlestermine in Berlin:

Jeden Dienstag, 21.00 Uhr im Zosch, Tucholskystraße, Berlin-Mitte:
L.S.D. (Liebe statt Drogen)

Jeden Mittwoch, 21.00 Uhr im Pavillon am Weinbergswegpark, Veteranenstraße, Berlin-Mitte: Die Surfpoeten

Jeden Donnerstag, 21.00 Uhr im Cube Club in der Wühlischstraße,Berlin-Friedrichshain: Chaussee der Enthusiasten

Jeden Sonntag, 13.00 Uhr in der Kalkscheune, Johannisstraße,Berlin-Mitte: Dr. Seltsams Frühschoppen

Jeden Sonntag, 20.15 Uhr im Kaffee Burger, Torstraße, Berlin-Mitte: Reformbühne Heim & Welt

Die Surfpoeten im Netz: www.surfpoeten.de

Originalausgabe

1. Auflage 2001

Umschlaggestaltung: Barbara Thoben, Köln
Gesetzt aus der Futura
Satz: Greiner & Reichel, Köln
Druck und Bindearbeiten: Clausen & Bosse, Leck
ISBN 3-462-02991-6

Inhalt

Wie ich mal dachte, dass es nötig sei zu erklären, wie man eine perfekte Geschichte schreibt

Wie schreibt man eine perfekte Geschichte? Das is 'ne gute Frage. Man sollte sich die Antwort darauf nicht einfach machen. Nö! Aber auch nicht lange um den heißen Brei herumreden. Ja. Das kennt man doch, dass es viele gibt, die dann erst mal ihren ganzen Quark schön breit an den Tisch quirlen, um zu zeigen, dass sie ihr Leben nicht nur mit ›am Puller spielen‹ verbracht haben. Dass sie auch was gelernt haben, womöglich sogar studiert. Mit Abschluss. Agrarökonom oder sowas. Da wird dann lang und breit über Modernismus in der Kunst, über verschiedene Zinssysteme oder den Gegensatz zwischen Äpfeln und Birnen palavert, bis man das Eigentliche aus den Augen verloren hat. Doch halt! Gute Geschichten müssen kurz sein. Auf den Punkt kommen. Geschichten, die über 100 Seiten gehen, haben *immer* das Thema verfehlt. Wobei man hier immer in Anführungsstrichen schreiben sollte. Und natürlich kursiv. Es geht nichts über kursiv. Schräg, voll 45 Grad. Bringt Leben in die Bude. Meine Damen und Herren. Das ist Rock 'n' Roll! Genauso wie ein e mit Pünktchen obendrauf. Wie zum Beispiel bei dem Namen Zoë. In jeder guten Geschichte sollte zumindest eine Frau mitspielen, die Zoë heißt. Aber nicht als Hauptperson. Die sollte so 'ne kleine Nebenrolle kriegen, die so von der Seite her reinstößt. Wie ein Stich mit dem Degen. Der Leser muss laut aufschreien. Getroffen muss er sein. Zoë darf niemals, nie in die Geschichte reinpassen. Es muss so aussehen, als ob der Setzer sich einen Scherz erlaubt hätte. Vielleicht zu schlecht bezahlt oder so und dann »Boh, dem geb ich's, ich bau jetzt mal in die historische Ritterstory eine Discoqueen namens Zoë ein, die voll auf Koks ist.« Das richtige Maß finden ist das Ah! und Oh! an einer guten Geschichte. Ruhig erstmal 3 Sätze normal schreiben. Betulich im Fahrwasser bleiben. Keine wilden Hopser oder so. Einfach listig ein Gähnen provozieren. Der Leser soll sich ruhig sicher wähnen. Doch dann im vierten Satz. Hah! Jetzt zeig ich's dir, du Arsch! Eine Pointe setzen. Und zwar so eine Pointe, die der Leser schon kennt. Vielleicht die bekannteste Pointe der Welt. Etwas, das richtig weh tut. Ein Fritzchen-Witz oder was Geklautes von Ephraim Kishon. Wo der Leser am liebsten sterben möchte. Aber wir lassen ihn nicht! Nein! Wir ziehen ihn in den Sumpf der Verderbnis. Entfachen ein Feuerwerk von Gewalt und Sex. Brutalste Sorte mit detailgenauen Beschreibungen. Es können auch ruhig Zoten gebraucht werden. Ich geb hier mal ein Beispiel: »Du Arschvotze, ich fick dir mit meinem toten Atomsäbel die eitrigen Gedärme in dein verblutetes Gehirn.« Nein, das war nich so gut, aber so ähnlich. Wichtig ist, der Leser muss bemerken, dass es sich hier keinesfalls um primitive Schundliteratur handelt. Es muss intellektuell überhöht wirken. Einfach ein bisschen abgedreht. Aber nicht banal. So knapp daneben. Seine niederen Instinkte werden angesprochen und doch denkt er, dass es Kunst sei. Avantgarde womöglich, aber mit beiden Beinen auf dem Boden. Das sollte man auch nie vernachlässigen. Immer schön beide Beine auf dem Boden behalten. Dafür kann man zwei Personen mitspielen lassen, die erst geboren werden, behütet aufwachsen, dann Schule, Pickel, Abitur, Zivildienst, dann heiraten (erste Hochzeit aus Liebe, zweite beständig), dann Krise wegen früherem Missbrauch aber durch aufopfernde Hilfe vom Partner (zum Beispiel Einfühlungsvermögen) bewältigt, Erfolg im Beruf und schließlich Tod durch Krebs in einer niedlichen Kleinstadt im betulichen Südwesten unserer Republik. Das soll dem Leser zeigen, dass der Schreiberling hier kein studierter Spinner ist, der denkt er sei der Nabel der Welt, sondern so ein bisschen auch eben ein kleiner Bruce Springsteen. Ein ganz Kleiner. Nur so ein bisschen. Weil man muss dazwischen ein wenig Screaming Jay Hawkins* quirlen und eine Prise

Jello Biafra*, nicht zu vergessen 'n paar Brocken Beach Boys, denn es soll ja nicht den Magen verätzen. Die Grundlage muss natürlich immer eine gute Geschichte bilden. Aber das ist ja eigentlich selbstverständlich. Gute Geschichte, klar. Muss man nicht erläutern. Ich weiß nicht weiter. Pause. Ach so, Witz, wa, was zum Thema ›Wie geh ich mit dem Tod um.‹ Wörtliche Rede, ruhig mal auch Dialoge zwischen 3 Personen. Ganz wichtig, nicht auf der Stelle treten. Viele, viele Schriftsteller, man denke nur an Goethe, Konsalik oder der eine mit der Narbe quer durchs Gesicht, die haben einfach immer nur auf der Stelle getreten. Da is nie was weitergegangen in ihren Storys. Und da wundern die sich, dass der geneigte Leser bereits nach drei Minuten mit dem Brillenbügel in der Nase bohrt. So wird das ja auch nichts. Wenn man merkt, man kommt jetzt grade nicht von der Stelle, dann fängt man eben erst mal woanders an, rollt die Geschichte von hinten auf, trifft das andere Ende dann in der Mitte und siehe da, wunderbar, kurz, zusammengenäht, fertig. Das Entscheidende aber, und daran scheitern die meisten im Ansatz guten Geschichten, ist ein abrupter Schluss.

Hauptsache man ist kein Nazi

Berlin am 2. Mai. Alles ist ruhig. Naja, nich ganz. Draußen auf der Straße krakeelen ein paar junge Mädchen. Sie sind in der Pubertät und außerdem Anarchos. Da kann man als Anarcho keine Rücksicht nehmen. Sonst wär man ja kein Anarcho und außerdem nicht in der Pubertät. Die Spießbürger lehnen sich aus ihren Fenstern, gucken hinunter und schütteln die Köpfe. Sie können die jungen Krawallelfen nicht verstehen. Aber das ist ja auch normal so.

*siehe Legende S. 158

Eben hat eine der Radikaloppositionellen eine Bierflasche auf dem Bürgersteig zerdroschen. Sie findet das cool, weil, wenn ihre Eltern das sehen würden, die würden bestimmt sagen, das macht man nicht. Und wahrscheinlich würden sie sie sogar auffordern, die Scherben wegzukehren. Oh, man ej, als ob das das Wichtigste wäre: Hauptsache ist doch, dass man kein Nazi ist! Da sollen die Eltern ma echt froh sein. Immerhin könnte sie ja genauso gut ein Nazi sein und Ausländer verprügeln. Nee, aber das macht sie nicht, da können die mal ruhig froh sein und da sollen die sich mal nich so haben wegen einer Flasche. Ich stehe auch am Fenster und gucke auch herunter. Aus Spaß schüttel ich sogar auch mal den Kopf. Ich tu so, aus Spaß natürlich, als ob auch ich ein Spießbürger wäre. Aber, ganz klar, ich bin ja keiner. Ich hab ja auch mal ein Haus besetzt und finde Punkrock-Musik immer noch gut, und manchmal tanze ich sogar ausgelassen in meinem Zimmer herum. Ganz allein! Sowas macht ja ein Spießbürger nicht.
Ein Spießbürger schaltet nach der Arbeit seinen Fernseher an, guckt die 100.000 Mark-Show und knabbert dazu Chips. Ein Spießbürger wählt SPD oder CDU und ein Spießbürger hat am Wochenende seine Eltern zu Besuch. Dann geht es um das neue Auto, um die Familie und um Krankheiten. Man schimpft auf den ganzen Dreck, die Schmierereien oder dass man im Urlaub in der Türkei nie seine Ruhe hat. So kennt man sie, diese Spießbürger.
Wie ich da so am Fenster stehe und auf die Straße runtergucke und meine Arme so auf das Fensterbrett abstütze, da bemerke ich, dass so ein Fensterbrettkissen doch auch seine Vorteile hat. Da tun einem die Ellbogen hinterher nich so weh. Is sicher gemütlicher. Ich beneide ein wenig die Spießbürger gegenüber in ihren Fenstern, die natürlich alle ein Fensterbrettkissen besitzen. Das gehört zur Grundausstattung bei Spießbürgern. So wie Couchgarnitur, kleine Gipsfiguren oder das Schild »Hax'n abkratz'n«. Da hab

ich mich bei dem Schild früher immer gefragt, was das heißen soll. Ich konnte mir unter »Hax'n abkratz'n« nichts vorstellen. Heute weiß ich natürlich, dass damit gemeint ist, man solle sich vor dem Betreten der Wohnung die Schuhsohlen am dafür vorgesehenen Fußabtreter reinigen. Ein verrückter Spießbürgerbrauch, vor allem, weil man sich im Flur einer Spießbürgerwohnung sowieso seine Straßenschuhe ausziehen muss und in bequem saloppe Hauslatschen schlüpfen soll. In einer, na sagen wir ruhig, normalen Wohnung dagegen behält man seine Straßenschuhe natürlich den ganzen Tag über an, ist ja ohnehin dreckig. Manche gehen mit ihnen sogar ins Bett. Dann bemerkt man den Fußgeruch nicht so, der beim Ausziehen der Treter übel entweicht. Auch ein Schlafanzug oder einen Bademantel ziehen nur Spießbürger an. Wir dagegen gehen nackig ins Bett oder höchstens mit Schlüpfer und T-Shirt, auch im Winter. Der Kühlschrank, der muss natürlich leer sein, gut, eine vertrocknete Packung Kräuterquark, die längst das Verfallsdatum überschritten hat oder auch irgendwas Undefinierbares in der einen Ecke darf sein. Oder wenn ultralaute Partys anstehen, dann darfs auch etwas mehr sein. Ne große Schüssel Nudelsalat eventuell. Der Spießbürger würde ausrasten, wenn er so einen Kühlschrank sehen würde, aber das ist ja auch so beabsichtigt. Der soll mal froh sein, dass wir sind, wie wir sind, und nicht zum Beispiel Nazis, die Ausländer zusammenschlagen. Nee, wir sind eben anders, und man sollte uns unsere Freiheit gefälligst lassen. Sonst gibts Rabbatz! Die bereits rauchendürfenden Krakeelerinnen sind inzwischen weitergezogen. Wahrscheinlich ist noch irgendwo was los. Ich schließe behutsam das Fenster, schalte den Fernseher an, irgendwas Leichtes sollte es heute sein, und guck einer an, da steht ja sogar noch 'ne Tüte Chips.

Der Sonne mit dem Hitlerbärtchen verging das Lachen, als sie sah, daß die richtige Sonne sich Verstärkung bei Nestlé geholt hatte.

Am meisten leid tun mir die Krallenbären im Tierpark Friedrichsfelde, die immer nur so blöde herumrutschen, weil der gesamte Fußboden gekachelt ist

Mittwoch, der 19. Januar. Eine Möwe segelt scheinbar schwerelos über die wogenden Wellen des Eriesees. Im Schnabel trägt sie einen fetten Wasserwurm, den sie soeben im Sturzflug der Gischt entriss. Er hat ein Gewicht von fast fünf Kilo, ein seltener fast ausgestorbener Wasserwurm, von dem die Wissenschaftler bisher noch gar nichts wußten. Auch die Möwe hätte sich das nicht gedacht, sie ist erstaunt und doch ein wenig beeindruckt von dem Gewicht. Vor Freude schnurpst sie leicht mit den Federn, wie das nur die Erieseemöwen beherrschen. Sie dingelt so schräg hoch und dann, bumm, fällt ein Klumpen Vogelschiss aus ihrem Afterloch. Der Möwe muss das nicht peinlich sein, sie hat ja schließlich keinen Schließmuskel. Ehrlich gesagt, es ist ihr auch gar nicht peinlich. Das ist nur wieder so eine dumme Vermutung eines unwissenden Menschen, das ihr das vielleicht peinlich wäre.

Die Möwe denkt nur an die Küste und an den Wurm. Sie will ihn fressen. Logisch. Was sollte sie sonst damit tun? Vielleicht ein Nest bauen? Ein Nest bauen mit einem Wurm? Das geht doch nicht. Höchstens müsste sie ihn lange in die Sonne legen. Ihn schön austrocknen lassen, aufpassen, dass die Fliegen keine Eier in seinen Leichnam legen, dann den ausgedörrten Wurm mit so 'ner Art Lederfett einreiben und somit schön geschmeidig machen. Dann könnte man ihn vielleicht als eine Art Teppich zum Nestbau verwenden. Sicherlich aber wird sie ihn einfach fressen, die doofe Möwe. Fünf Kilo, ein ganz schöner Brocken. Wenn da ma nich nach dem Essen ein Fuchs vorbeikommt, der gerade Hunger hat, und sie nicht wegfliegen kann, weil sie zu schwer geworden ist. Das könnte ins Auge gehen, wie der Naturkundler in mir stets zu sagen pflegt, bei sowas. Naja, Fuchs, Möwe, Wasserwurm, was interessiert uns das? Auf den ersten Blick wenig. Unsere Würmer sind dünn, wir essen sie höchstens unbemerkt, und wenn man mit Möwen oder Füchsen an der Leine durch die Prachtstraßen Berlins flaniert, erntet man lediglich wütendes Gezeter ewiggestriger Tierschützer. Wen stört es.

Diese Tiere gehen uns am Arsch vorbei. Sie stehen auf der Liste der ›uns am Arsch vorbeigehenden Tiere‹, die das Magazin »Focus« jedes Jahr unverständlicherweise wieder herausgibt, zumindest ganz oben. Dicht gefolgt vom Papst, Kommissar Rex und den Dingern, die irgendwann fliegen können, die immer in so alten Mehlgläsern drin sind.

Wir mögen eher den Baby-Elefant, Regine Hildebrandt und den Pom-Bär. Weil für die in unserer Gesellschaft ein warmes Plätzchen direkt neben dem Herzen, keine fünf Minuten entfernt von der Volksseele, reserviert ist. Für Möwen nich. Die können ruhig aussterben. Machen sie aber nicht. Weil sie viele sind. Viele mehr als zum Beispiel Regine Hildebrandt. Der Papst* hat übrigens gestern die Vierte Heimliche Pforte* geöffnet. Ein Sakrileg. Hinterher haben sie ihn alle mit Töpfen und Pfannen beworfen, wo teilweise sogar noch angebrannte Spaghettis dranklebten. Aber er hat nur gelacht. Sein übliches heiseres Lachen. Man kann ihm ja nichts. Er hat das ewige Leben. Auch wenn man ihn vierteilen würde, würden alle vier Teile separat weiterwurschteln. Da belässt man es lieber bei einem ganzen Papst, auf den man seinen Zorn fokussieren kann. Oh, was für ein schönes Wort! Fokussieren. Welch eitel Sonnenschein traf meine Muse direkt auf den Mund, dessen Augenblicks mir dies Wörtlein aus dem Gedächtnis tropfte. Keine Sonntagsreden, wir haben hier was Wichtigeres zu tun.

Meine Damen und Herren. Revolution! Diese Frage duldet keinen Aufschub. Der Staat ist erschüttert wegen der Finanzaffären, da könnten wir heimlich eine kleine Revolution wagen. Vielleicht bemerkt's ja niemand? Kommen die früh zur Arbeit in ihrem Parlamentshaus und, haha, da war ja wohl mitten in der Nacht Revolution gewesen. Ätsche, bätsche ausgelacht. Reingelegt. Wenn sie anständige Verlierer sind, werden sie uns auf die Schulter klopfen, anerkennend nicken und sagen: »Tja, da kann man nichts machen. Hätten wir eurer Generation Y gar nicht zugetraut, na denn ma ran an die Arbeit.« Und dann merken wir erstmal, dass die wahren Gearschten wieder mal wir sind. Die, die immer auf die Fresse fliegen. Grade erst mal Revolution gemacht und schon gleich wieder arbeiten. Nee! Dann doch lieber schlau sein, und für so 'ne Fälle auch direkt die Konterrevolution im Rucksack mitführen. Dann hat man's eben mal versucht. Ist grandios gescheitert. Märtyrer und so. Die jungen Mädchen werden noch Jahrhunderte später T-Shirts mit unseren Konterfeis drauf tragen, während sie, lustig pubertäre Melodien summend, über die Müllhalden späterer Gesellschaftssysteme hüpfen. Sie werden uns zu ihren Helden machen bei diversen Punk-Revivals, werden ihre Omas und Opas befragen, ob sie auch dabei waren damals, und die werden lügen und »Ja« sagen. Hach, das ist doch wahrhaft größer als 40 Jahre später feststellen zu müssen, dass man nur genauso'n Arschloch wie alle anderen vorher auch geworden ist. Nein! Das Scheitern einprogrammieren und dadurch überleben. Genial dilettantisch. Oder auch einfach ganz ruhig und normal 'ne Familie gründen und nach und nach absterben. Hat auch seine Vorteile.

Was das alles jetzt mit der Möwe, dem Wasserwurm und dem Fuchs zu tun hat? So is eben Literatur, Mann!

Was zur Entspannung

Habt ihr schon mal einer Kopfhautschuppe nachgeschaut auf dem langen Weg, den sie von euerm Kopf bis hinunter zum Fußboden zurücklegt? Habt ihr sie genau beobachtet und dann auch noch andere Kopfhautschuppen von dem gleichen Kopf von euch? Habt ihr bemerkt, dass eine jede von ihnen ihre ganz einzigartige, besondere Form des Tänzelns hat? Keine tänzelt wie die andere. Jede, wenn auch nur 'n bisschen, anders. Habt ihr das schon mal beobachtet? Wenn nich, macht ma.

Wann kommt eigentlich das Rap-Revival?

Es klingelt. Es klingelt einmal. Zweimal. Dreimal. Es klingelt noch 'n paar mal. Ich mach nich auf. Es is bestimmt für jemand anderen. Das ist zwar unwahrscheinlich, weil ich der einzigste hier bin, aber früher war das mal anders. Vielleicht ist der, der da klingelt, ja noch von früher. Ein Übriggebliebener, ein Relikt sozusagen. Oder wie Simone in ihrer Abiturgeschichtsprüfung über Hindenburg sagte, eine

Reliquie. Kann schon sein. Ich bleibe einfach liegen und verhalte mich still. Dann hört die Reliquie, die da draußen wartet, nicht, dass jemand da is. Kann ja 'n Zettel schreiben, das dämliche Ding. Wozu sind denn Zettel da? Werden doch schließlich nich umsonst jeden Tag Millionen von fein säuberlich, äh, hergestellt. Wenn jeder so immer klingeln würde und nie ma einen Zettel auch nur ausnahmsweise mal schreiben würde, könnten wir ja gleich die ganzen Zettelfabriken dichtmachen. Und was das für Eisenhüttenstadt, Leuna, Wurzen, Bitterfeld, Leverkusen etc. bedeuten würde, das kann sich ja jeder irgendwie an seinen fünf Fingern bunt ausmalen. Da würde die Hölle los sein. Wenn nich gar Urabstimmung, Joint Venture, Tarif, der ganze Kram. Der Vati kommt nach Hause, sagt: »Mutti es werden keine Zettel mehr gebraucht. Ich bin arbeitslos.« Die Mutti bricht über dem Kochtopf zusammen. Salzige Tränen tropfen ins Wasser, in dem eine geschälte Kartoffel einsam herumschwimmt. Jetzt werden sie sich nich einmal mehr diese einsame Kartoffel leisten können. Höchstens Spaghettis, die ja zu Dumping-Preisen von süditalienischen Nudelbauern aufgekauft werden. Aber von Spaghettis kriegt man eben auch keine Muckis. Wie soll man aber ohne Muckis eine neue Stelle finden. Ein Teufelskreis. Besonders bei dem derzeitigen Schönheitsideal. Wespentaille bei Frauen, Muckis bei Männern. Das geht nicht mit Spaghettis. Scheiß Werbung! Der Vati ist nicht gerade ein feinfühliger Mann. Feinfühlige Männer findet man in der Zettelindustrie auch höchst selten. Is ja auch ein Knochenjob. Er sagt: »Mutti, hör uff zu heulen, mir wird ganz schlecht davon. Mach nich wieda Katoffeln. Wie wärs ma mit Spaghetti? Ick brauch nämich paa Muckis für wegens Arbeitsamt!« Der Vati ist nicht nur nicht feinfühlig, er ist seiner Frau auch geistig unterlegen. Er denkt, dass man von Spaghettis mehr Muckis bekommt als wie von Kartoffeln. Da hat er in der Schule damals dabei, als sie das durchgenommen haben, nicht so

und auch wieder entwirrt, da fanden wir, und es hatte uns wirklich niemand heimlich geflüstert, kurz und gut, wir fanden einen total verrosteten, aber was machte das schon, Hammer. Wir fanden einen Hammer. Einen Hammer, den man nicht zum Nägel in die Wand kloppen braucht, sondern einen Sporthammer, wie ihn asketische Sportsgesellen, Profis vom Schlage eines Jurij Tamm, zur Freude einiger weniger Unentwegter, durch das Stadion schleudern. Warum das Ding Hammer heißt is mir allerdings auch schleierhaft. Eine dicke Kugel an einer Kette festgelötet, an deren anderem Ende ein Griff angeschweißt ist. Vielleicht ja einer der missglückten Versuche kurz vor der Erfindung des Hammers. Wo ma noch nich wusste, was man mit dem Ding machen will, aber der Name stand schon fest. Na jedenfalls schafften meine gleichaltrigen Kumpels alle, das Ding etwa um die sieben Meter wegzuschleudern, gestreut in diverse Richtungen, während es mir noch nicht mal gelang, den Apparat anzuheben. Meine Kugelstoßversuche waren ausschließlich gelungene Lachnummern. Und wenn ich einen Eimer Kohlen aus 'm Keller holte, sah das immer aus, als ob mein Kopf an der Wand Halt suchte. Beim Weitsprung bemühte ich mich krampfhaft, in die Sandgrube zu hüpfen und im Schwimmen war ich in Gruppe 5. Das bedeutete, wir sollten erstmal auf dem Trockenen üben. Dabei war ich schon mit 6 Jahren ausgesucht worden, für den Leistungssportbereich Schwimmen. Auf Grund einer Handknochenanalyse. Doch meine Karriere in dieser olympischen Sportart dauerte lediglich einen Tag. Ich sollte ins Tiefe springen, wo ich noch nie vorher war. Ohne Schwimmring! Das muss man sich mal vorstellen! Ich bin dann gegangen. Auch Klimmziehen gehörte nicht grade zu meinen Stärken. Immer noch dröhnt mir die Stimme meines Sportlehrers in den Ohren: dass ich jetzt ruhig mal anfangen könnte, dabei bemühte ich mich bereits seit geraumer Zeit nach Leibeskräften. Meinen Kumpels erzählte ich natürlich

später, ich hätte mich gar nich angestrengt. Voll Anti, Verweigerung, Scheißsystem und so. Vielleicht bin ich auch nur durch den Sport damals in die Politik gekommen. Hätte ich, sagen wir mal, damals 20 Klimmzüge, 80 Liegstütze und 5,60m im Weitsprung geschafft, ich hätte sicherlich den normalen Weg FDJ – SED – Zentralkomitee genommen und wäre heute ein gebrochener Mann. Mein Körper war schon damals eben schlauer als ich. Der hat den Zusammenbruch voraus gesehen. Kann sein, er war bei der Stasi. Der Arsch, aber ich verrat ihn nich.
Andererseits hab ich mich wieder auch gerne bewegt. Ich war ein kleiner Reinhard Lauck* des Fußballs. Mit meinen Tricks spielte ich selbst unsern Heizer schwindelig, der damals Fußballtrainer bei Einheit Karlshorst war. Wir spielten ungefähr in der 3. Kreisklasse und die Ergebnisse waren 3:1 gegen Spezialhochbau Berlin zweite Mannschaft, 0:0 gegen BSG Minol oder auch mal eine 2:8 Niederlage gegen die dritte Kinder von Tiefbau Ost. Wir hatten zwar keine einheitlichen Trikots, aber wir waren stolz auf unseren Verein. Einheit Karlshorst galt als Rebellenmannschaft. Der Heizer war nicht in der Partei und wir waren auch keinem Betrieb zugeordnet, was hieß, dass wir kein Geld kriegten.
Viele von uns sind dann später zu Union gegangen, wo sie auch nichts wurden. Ich ging zum Tischtennis. Wir spielten nicht nur Tischtennis, nein, wir mussten auch in der Hocke fünf Stockwerke die Treppen hochhüpfen. Ich verfiel in eine Art Trance. Ging zeitweise bis zu siebenmal die Woche zum Training. Wurde mit André Morgen zusammen Dritter bei den Stadtbezirksmeisterschaften im Doppel. Manchmal träumte ich von der Weltmeisterschaft. In einer Nacht bin ich sogar mal Weltmeister geworden. Es war wunderschön. Mein erster feuchter Traum. Beim Tischtennis war ich auch zum ersten Mal betrunken. Bei einer der berüchtigten Jahreshauptversammlungen. Es gab Cola und es gab Wodka. Und ich hatte noch nicht das richtige Mischungsverhältnis

raus. Ich dachte, es würde die anderen beeindrucken, wenn ich ein dreiviertel Brauseglas mit der klaren Flüssigkeit fülle und nur einen Schuss Cola zum Einfärben nehme. Paar Minuten später habe ich mich dann zu Wort gemeldet und erklärt, ich müsse jetzt gehen. Von jedem der verdutzten Erwachsenen habe ich mich persönlich verabschiedet. Ich dachte, wenn ich besonders korrekt auftrete, würde es nicht so auffallen, dass ich betrunken bin. Auf dem Heimweg in der Straßenbahn hat es immer nur in meinem Kopf gehämmert: ›Bloß nich die richtige Haltestelle verpassen, sonst landest du in der Gosse.‹ Es ging dann auch alles glatt. Ich kam nach Hause, schaltete den Fernseher ein, setzte mich in den Sessel, kotzte auf die Couch und legte mich dann oben in mein Zimmer schlafen. Von dem Gestank aus dem Wohnzimmer erwachte irgendwann die erziehungsberechtigte, weibliche Person von mir, und es gab dann am nächsten Tag noch ein Gespräch über Sport und so.

Mit Tischtennis war es dann ab 15 vorbei. Wir bekamen kein Geld mehr und außerdem war meine Westkelle kaputtgegangen und mit Ostkellen wollte ich nicht spielen. Im selben Jahr stand ich dann sogar in der Schulmeistermannschaft im Volleyball. Peinlich, denn es gibt auch ein Foto davon. Ich hab eine enge blaue Selastiktrainingshose an, trage das Haar lang und fettig, mit vorne Pony, einem widerlichen Wirbel und man sieht meinen einen großen Zahn beim Lachen. Ich bin der Einzige auf dem Foto, der so hässlich aussieht. Volleyball war auch nichts für mich. Bei der Armee fand ich heraus, dass ich ein guter Langstreckenläufer bin. Wer gut im Laufen war, konnte ab und zu mal an Crossläufen in anderen Städten teilnehmen und da die Offiziere alle schlecht im Laufen waren, hatte man seine Ruhe. Für meine übertriebene Leistungsbereitschaft, die schon fast ans Einschleimen grenzte, revanchierte ich mich, indem ich nicht ein einziges Mal über die Eskaladierwand kam und

mich beim Übungshandgranatenwurf regelmäßig selbst vernichtete.
Nach der Wende spielten wir eine zeitlang nur so zum Spass Basketball. Dabei gab es immer viele Verletzte. Besonders ein Herr namens Falko Hennig*, auch ›laufender Kampfhubschrauber‹ genannt, sorgte dafür, dass immer sämtliche Ersatzspieler benötigt wurden, manchmal auch mehr. Einmal hab ich auch Squash gespielt. In Britz. Das war mehr was für Manager in der Mittagspause. Die ham sich immer angebrüllt, voll die Sau rausgelassen. »Du Votzenschwein, dir geb ich's!« »Halt's Maul, Sack!« Ich war mit einer jungen Frau da, in die ich heimlich verliebt war, und schämte mich ein wenig meiner Geschlechtsgenossen. In den Squashräumen war das Betreten mit schwarzen Turnschuhsohlen verboten. Das hatte ich gar nicht gewußt. Sah lustig aus hinterher der Fußboden. Wir sind dann da auch nich nochmal hingegangen.
Etwa 1994 nahm ich an einem Harzgebirgslauf teil. 10 Kilometer durch schweres Gelände. Gesponsort war er von Hasseröder Pilsener. Wenn man mit Startnummer durchs Ziel kam, gabs Freibier. Das Ergebnis war ähnlich wie damals beimTischtennis. Apropos Tischtennis. Fast wäre ich doch noch Weltmeister geworden. Denn kein Jahr später rutschte ich durch pseudomerkwürdige Zufälle in die Kirchenmannschaft der Ölberggemeinde in Kreuzberg. Zwar spielten hier fast ausschließlich gläubige Atheisten, ein paar Moslems und ehemalige Neonazis, aber wir besaßen sogar eine Bibel. Vor jedem Punktspiel las der Lustigste unter uns, ein Weddinger Schornsteinfeger, ein Kapitel daraus vor, zur Begrüßung der gegnerischen Mannschaft. Das Gelächter war stets auf unserer Seite, da einige der teilweise erzkonservativen Gäste, die durchaus reformatorischen Neuinterpretationen von Eddi ›Ich bin der Eddi‹ Neumann, nur mit Zornesröte quittierten und fluchtartig die Turnhalle verließen. Leider, leider gefiel der Kirche irgend-

wann unser Treiben nicht mehr. Die Turnhalle musste geschlossen werden, aus Kostengründen, wie man sagte. Man bot uns an, doch irgendwo anders irgendwas anderes zu machen, nur eben nicht mehr unter dem Dach von Gottes ergebenen Kindern.
Enttäuscht von der Gesellschaft und überhaupt, treibe ich seitdem kaum noch Sport. Mal ein Fußballturnier von Kneipenmannschaften, wo man eh meistens im Rotationsprinzip alle drei Minuten ausgewechselt wird. Mal Federball mit betrunkenen Omis oder zum Softeisautomaten rennen mit meinem Sohn. Der wird ja mal was ganz Großes werden. Da bin ich mir sicher. Der kann schon Hackentrick mit viereinhalb Jahren. Naja, bei den Anlagen. Den bring ich zum Verein. Und dann wird der Weltmeister und ganz reich und denkt an seinen Papi und gibt ihm was ab und alle sind wir glücklich und zufrieden. Hach, jaja.

Irgendwann hatte Harald mal verlernt wie man sich vernünftig bewegt.

Reif

Eigentlich müsste man mal wieder in Urlaub fahren. Lange nich gemacht. Müsste man ma eigentlich wieder machen. Rasch noch das Freundschaftsband für Wolfgang Petry fertiggestrickt und dann müsste man aber eigentlich schnellstens ma los. In Urlaub. Dahin wo es so wunderschön ist. Wo man mal die ganzen Alltagssorgen vergessen kann. Wo man die einfach links liegen lassen kann, die Alltagssorgen. Da wo man sich nich so viel Sorgen machen muss um den Alltag. Mit 'm Zug vielleicht? Über die Schweiz und so nach Spanien. Da solls ja auch ganz schön sein. Spanien, olé, olé. Wo die Sonne immer scheint und viele hübsche Madams. Spanien, ein Wunschfloß der Träume, eine Odyssee voller sehnsuchtsvoller Zärtlichkeit, ein mit gertenschlanken Boccadillos bepflanzter Garten Eden. Spanien, viele Synonyme, die dich schmücken! Weltmeister warst du, und Kolumbus, der die Eieruhr erfand, kam von ganz in der Nähe. Deine Strände immer voll mit Sand, deine Häuser, da passt mancher rein. Torreros, Madrid, König und so weiter. Spanien, Land der Triebe, Land der Sonnenuntergänge unter freiem Himmel, Land der Mücken, Land der 1000 verschiedenen Möglichkeiten was man so machen kann. Spanien, du bist so verschieden. Viele Eroberer, die deine hohen Türme bestiegen und runterguckten und staunten und sagten »Hui, hui, hui«. Wer kennt nicht die vielen Namen, die deine Töchter und Söhne in der Kirche übergeholfen kriegen.
Da könnte man ma hinfahrn, in Urlaub. Den ganzen Stress einfach vorher in 'n Keller runterbringen und den Ladys von gegenüber Arrividerci sagen. Die Tasche schnappen mit den Schlüppern drin und die Creme und die ganzen Decken und so, los, rein in 'n Zug. Tatütatü. Türe zu. Abfahrt. Türe richtig zu! Die is doch gar nich richtig zu! Machste de die ma richtig zu! Siehste, jetz is jemand rausjefalln. Tot. Tschüss! Schon sind ma inna Schweiz.

So könnte es ablaufen. Aber warum denn immer Zug? Warum nich mal sparen? Warum nich ma Flugzeug? Schön mit 'm Flugzeug rüba inne Schweiz. Hoch über schneebedeckten Gipfeln. Unten glitzern verendete Bergsteiger. Zerfroren zu Staub, schon bewachsen mit türkisenen Alpenveilchen, die man auch bei uns als Topfpflanzen züchtet. Mit Erfolg. Deutsche Züchter, Weltklasse!

Schön siehts aus in der Schweiz, aber da wolln wir ja gar nich hin, sondern in Urlaub. In der Schweiz kann man kein Urlaub machen, dafür ist sie zu was anderes gut, zum Beispiel nach dem Urlaub, als Zwischenstop oder bei Notlandungen, wenn die Propeller ma ausgefalln sind und das viele Moos in der Schweiz, man landet immer sicher in der Schweiz. Auf 'm Rücken, schön weich. Wie eine Katze. In der Schweiz werden ja auch die 1a leckeren Katzenzungen hergestellt aus Schweizer Schokolade. Politisch ist die Schweiz tot. Zerfressen von Profitgier. Die Politiker sind alles perverse Schweine, über Oralsex von Monica Lewinsky würden die doch nur lachen. Die Schweizer Politiker sind völlig versaute Bestien, aber das darf man nicht sagen. In der Schweiz ist Politik verboten. Wie bei uns. Trotzdem sieht die Schweiz aus wie ein Wunder im Monat Dezember zwischen Weihnachten und Heiligabend. Besonders wenn die Schneeflöckchen vom Himmel tänzeln und alles Leben ersticken, doch wir wolln nich in die Schweiz.

Spanien, Land der frischen Minze. Land des Duftes. Freiheit, Abenteuer, Sommer, Sonne, Pistazien. Die Kinder haben lustig dicke Backen. Spanische Wurst abgeschnitten vom Busen der Mutter Natur. In Spanien sind die Politiker o. k. So Menschen wie du und ich. Sie werden vom Volk verehrt wie Götter. Spanien und die Schweiz. Ein Unterschied wie Himmel und Nacht. Man könnte mal in 'n Urlaub fahren. Mit Zug oder so. Könnte man mal. Is aber auch irgendwie weit weg, so 'n Urlaub.

Kleines Haus

Ich wohne in einem Haus. Dieses Haus ist alt. Der Putz bröckelt von den Wänden. Ab und zu fällt auch mal ein Schornstein runter. Da es aber auf diesem kleinen Haus nur kleine Schornsteine gibt, tut es meistens gar nicht weh, wenn man so'n Ding auf den Kopf kriegt. Oft merkt man es noch nicht mal. Höchstens eine winzige Beule bleibt, die man schon extrem suchen muss, um sie schließlich zu finden. Ich mag dieses Haus. Es ist so klein, so zerbrechlich. Die dicken Elstern trauen sich nicht draufzusetzen, so zerbrechlich wirkt es. Manchmal sitze ich in dem kleinen Haus, schaue aus den niedlichen Fensterchen und freue mich, in so einem kleinen Haus zu wohnen. So ein kleines Haus hat natürlich auch seine Schattenseiten. Zum Beispiel passt kein Kühlschrank durch die Tür und auch mit normalen Plattenspielern hat man so seine liebe Müh und Not. Alles Schöne ist eben nie beisammen. Doch Hauptsache man ist zufrieden. Das ist die Hauptsache.
Gelegentlich ist eine kleine Fliege Gast in meinem kleinen Haus. Sie ist grün und summt versonnen. Eine kleine, verträumte Scheißhausfliege. Sie sitzt mir direkt gegenüber, ab und zu, leckt mit der mikroskopisch kleinen, rosa Zunge ihre lustigen Scheißhausfliegenhändchen und guckt mich aus ihren dubios verschmitzten Äuglein an, als wolle sie sagen: »Hallo! Siehst du mich überhaupt?« Ich tue dann erst mal so, als ob ich sie gar nicht sehen würde, halte aber meistens nicht lange durch. Dann streichle ich ihr liebevoll über ihren kleinen, mit ultrawinzigen Härchen bewachsenen, Scheißhausfliegenkörper. Was für ein Glück, wenn man Gäste hat.
Wie viele vor Geld fast platzende Zeitgenossen würden alles Hab und Gut hergeben, nur um einmal Besuch von einer kleinen Scheißhausfliege zu haben. Doch niemand verirrt sich in ihre hermetisch abgeriegelten Prunkschlösser, weil

alle Angst haben, von den wilden Hundebestien, die im Foyer lauern, zermalmt zu werden. Kein Mensch kommt, keine Schildkröte, ja noch nicht mal eine winzige, grün schillernde Scheißhausfliege. Diese Zeitgenossen sterben früh oder kriegen unheilbaren Scharlach, wegen Einsamkeit.

In meinem kleinen Haus ist der Gast König. Ich teile Brot, Buletten und Bett mit ihm. Wenn er will, kann er duschen, obwohl Warmwasser kaputt ist. Ich schenke ihm erlesene Kleider und tausche wertvolle Gedanken aus. Die Fliege weiß das zu schätzen. Sie gehört nicht zu den neureichen Fliegen, denen eh alles egal is. Wo sich die Erde um das *business* dreht. Nein sie ist bescheiden geblieben, eben eine gute, alte Scheißhausfliege. Habe ich schon gesagt, dass ich sehr glücklich bin, in einem kleinen, zerbrechlichen Haus zu wohnen? Wenn nicht, dann sag ich's eben jetzt. Ich bin sehr glücklich, in einem kleinen, zerbrechlichen Haus zu wohnen. Nur manchmal, da will ich die ganze Welt. Da will ich mit Zwölfzylinder-Cadillacs, ohne zu fragen nach Sonnenschein, um die Ecken brausen in einer Tempo-30-Zone. Da will ich jedes Ding was es gibt, einkaufen, all die unnützen Sachen, die dekadent blitzen und blinken, ohne nach dem Preis zu fragen. Oder doch! Teuer muss es sein, nur teuer! Da will ich mich aalen in Swimmingpools voller Kaviar. Da will ich auf Bergen von Edelsteinen ruhen und auf puren Goldklos kacken gehen. Und mit diamantenen Klatschen Fliegen totpatschen. Doch das ist nur manchmal und mehr so ein Ausgleich, für die wundersam vorherrschende Bescheidenheit, die mein Leben ausfüllt. Hab ich eigentlich schon gesagt, dass ich sehr glücklich bin, in einem kleinen, zerbrechlichen Haus zu wohnen?

Arme Dichter

Wir fahren in die Schweiz
Wir fahren nach Paris
Wir fahrn nach Honolulu
oder New York

Wir fahren nach Tunesien
Wir fahrn nach Westberlin
Wir fahren nach Ungarn
oder Karibik

Wir fahren mit dem Zug
nein, mit Auto
6 Zylinder
der Neue von BMW
der fährt dann 180
da komm wa ganz schnell an
Wir sind drei Nierenspender
von Gustav Stresemann

Wir foltern arme Waisen
Wir zünden Häuser an
Wir sind zwei Gürteltiere
im Zoo von Kasachstan

das heißt, eigentlich sind wir
sechs arme Gonokokken
die unter einer Vorhaut sitzen,
aber wir dichten so gern

Auf dem Weg nach unten

Ruhe herrscht im Betrieb. Alle sind se in Urlaub. Gerade mal vier Schäfchen hat die Chefin noch, denen sie irgendwelche sinnlosen Aufgaben überhelfen kann. Vier Leute, das ist natürlich auch ein Nachteil für uns, denn bei vier Leuten prägt man sich die Gesichter schneller ein. Da kann man da nicht einfach am nächsten Tag sagen: »Nee, nee Frau Chefin, ich bin der von vorgestern, gestern da weiß ich nicht, gestern da war, da ham se glaub ich jemand anders das gesagt, also, aber wem, das weiß ich auch nich mehr.« Das kann man da nich mehr so einfach sagen. Is ja auch egal, jedenfalls sind wir eingeteilt worden für die dringende Aufgabe, alle Elektrogeräte unseres großartigen Projektes ausfindig zu machen, zu registrieren und mit anderen sinnlosen Zetteln und Tabellen zu vergleichen. Was wir da vergleichen sollen und warum ist mir absolut schleierhaft, aber zumindest eine ganz erträgliche ›Arbeit‹ für die nächsten Tage, Wochen, Monate, was weiß ich. Schlimm nur, dass ich des Nachts nicht schlafen kann vor schlechtem Gewissen wegen dem vielen Geld, das der blutende Steuerzahler aus seinen verkrusteten Hosentaschen Monat für Monat wieder neu für mich, ja, für die ganze Belegschaft plus Miete plus was weiß ich, herauswringen muss. Manchmal begegnet mir in besonders schrecklichen Alpträumen der Steuerzahler persönlich. Er fährt einen riesigen Bagger und sieht im Gesicht wie eine Mischung von Hitler und Stalin aus. Wobei ich hier nochmal betonen will, dass das nur ein Traum ist, dass es mir sonst im Traum nicht einfallen würde, ganz klar, Nationalsozialismus und Kommunismus zu vergleichen. Das kann man natürlich nicht, weil, das kann man nicht. Das geht nicht so einfach. Da kommt man ja in Teufels Küche.

Aber ist soundso nur ein Traum. Ein gruseliger Alptraum allerdings. Der Baggerfahrer, der der Steuerzahler is, und

halb dem Psychopathen aus Braunau, halb dem Psychopathen aus Georgien ähnelt, will mich jedenfalls plattmachen. Die Baggerschaufel, auf der übrigens Arbeitslosigkeit steht, wie in diesen tollen politischen Karikaturen, diese Schaufel is genau über meinem Kopf. Der Arsch von Steuerzahler denkt, wenn er mich damit plattmacht, das würde mich ärgern. Da hat er recht, denn noch bin ich kein volles Jahr in Arbeit. Noch würde das Schloss der Finsternis, das Sozialamt in der Fröbelstraße, seine Tentakel nach mir ausstrecken. Mich in den klebrig schleimigen Schoß zurückholen wollen, aus dem ich einst gekrochen bin und der noch fruchtbar ist. (Fruchtbar steht hier, weil furchtbar ein selten dämliches Wortspiel gewesen wäre und ich mich einmal in meiner Zeit beim Anti-Wortspiel-Geheimbund dazu verpflichtet habe, unter Androhung des Verlustes sämtlicher Finger keine Wortspiele mehr niederzuschreiben.) Der Arsch will mich also plattmachen. Zu blöd, dieser Traum. Er ist so schrecklich und gewalttätig zugleich. Wenn ich ihn meinem kleinen Söhnchen erzähle, fängt der immer gleich an zu weinen. So was macht mich zornig. Müsste verboten werden, so was!
Was ist das eigentlich für eine Gesellschaft, wo kleine Söhnchen vor Angst die Kopfkissen nassrotzen. Und ich kanns dann wieder rauswaschen. Aber daran denkt ja keiner. Naja, jedenfalls registrieren wir hier auf Arbeit jetzt erstmal Elektrogeräte. Ich hab von neun bis zehn eine Kaffeemaschine registriert. Mein Kollege, ein kleiner, darf man das sagen, Kiffer, der wahrscheinlich noch nie richtig gearbeitet hat, wollte die eigentlich zuerst registrieren. Aber das kann er ja wohl vergessen, der is erst 3 Monate hier, der weiß ja noch nich mal, was richtige Arbeit is, der soll sich schön ein anderes Gerät zum Registrieren suchen. Die Kaffeemaschine hatte ich schon viel früher gesehn, schon letzten November, da is es ja wohl klar, dass ich die registriere. Der kann ruhig den Kühlschrank registrieren. Aber das

is ja natürlich Arbeit. Das schafft der Herr Kiffer nicht. Kaffeemaschine steht hier auf 'm Tisch. Is natürlich einfacher. Aber Arbeit kann man eben nich inner Tüte rauchen. Das soll er sich mal hinter die Ohren schreiben. Der Kiffer. Vielleicht, wenn ich ihn tüchtig bei der Chefin anschwärze; oh, was ist nur aus mir geworden!
Ich kann es selbst kaum fassen. Ich bin ein richtiger Arsch geworden. Wie der Typ in dem Bagger. Wer weiß, vielleicht werde ich dereinst sogar politische Karikaturen in Tageszeitungen zeichnen. Für diesen Fall bitte ich schon jetzt um aktive Sterbehilfe.

Gustav hatte schon
alle Drogen durch
aber die Flügel waren
immer noch dran

Mein Bild

Sonnabend abend. Ich liege im Bett und gucke mir ein Bild an. Es hängt an der Wand, genau gegenüber. Da is ein halbes Gesicht drauf und ein Kaktus. Ein schönes Bild, bisschen grün und orange. Eigentlich würde da auch noch was raufpassen. Sind noch genug freie Stellen da. Vielleicht ein Büffel oder ein kleines Haus. Ja, unten in der linken Ecke, da würde noch ein kleines Haus hinpassen. Mit so 'nem schiefen Dach vielleicht und einem Schornstein, wo lustig Rauch herauskräuselt. Und die Fensterläden könnten aus bunten Puffreiskörnern sein, und vor der Tür müsste ein Hund liegen. Nich grade 'n Kampfhund, sondern eher so

was Wuschliges. 'Ne Promenadenmischung mit Schlappohren und Puschelschwanz und Kulleraugen, die ein bisschen traurig, aber auch lustig gucken. Und einen dicken Knochen dürfte er haben, zwischen seinen Vorderpfoten. Aber den darf er nur halten, nich essen. Erst Morgen. Denn heute abend is schon spät. Da kriegt man Karies davon und Bauchschmerzen, wenn man so spät noch Knochen isst. Is ja schon dunkel. Nee, den soll er lieber erst morgen essen. Zum Frühstück. Kann er auch dann 'n bisschen Marmelade haben. Einen Napf voll Marmelade. Dazu. Dann is nich so trocken.
Komisch, warum hat der Maler nur 'n halbes Gesicht gemalt? Kann der kein Ganzes? Hat er sich vielleicht im Platz vertan? Hat ja schon rechts von der Mitte angefangen mit dem Rand von dem Gesicht. Dann hat er wahrscheinlich gemerkt, huch, das reicht ja gar nich. Na, dann mal ich eben nur ein Halbes und dafür vielleicht noch 'n Kaktus. Ja, ein Kaktus kommt immer gut. Da kann man auch schön viel hineininterpretieren. Schön grün, aber auch Stacheln. Gefährlich schön. Und direkt neben dem halben Gesicht. Deshalb Vorsicht, Stacheln stechen. Traue nie einem Kaktus, denn er piekst und dann kommt Blut, und nutze immer den ganzen Platz vom Bild aus, sonst passt nur noch ein halbes Gesicht rauf. Er hätte natürlich auch noch Papier drankleben können an das Bild rechts. Aber wie sieht das denn aus?! Das sieht nich gut aus. So unordentlich. Vielleicht war auch nur so komisches dünnes Transparentpapier im Haus. Das beim kleinsten Windzug zu flattern anfängt. Und welcher Galerist hängt sich schon solche Bilder in die teure Galerie, wenn er noch nich mal die Tür aufmachen darf. Das macht bestimmt keiner. Da sagen die sich: »Nö, da nehm wa lieba richtig feste Bilder aus hartem Steinpapier oder auch welche aus Karton, vielleicht kriegen wir ja sogar welche wo ein ganzes Gesicht draufgemalt ist, da werden dafür die eleganten Kunstsammler sicher viel Geld aus-

geben und dann könn wir von dem ganzen Geld noch 'ne neue Galerie aufmachen, irgendwo, vielleicht gleich hier nebenan, oder einen Feinkostladen mit italienischen Gewürzen und Chips aus der Bretagne. Ach, da is ja auch 'n Kaktus auf dem Bild. Ham wa ja noch gar nich gesehn. Na dann sowieso nich. Bilder mit Kaktussen ham wa schon genuch. Nee, malen Sie mal lieber Häuser, wo aus den Schornsteinen lustiger Rauch rauskräuselt. Sowas is grad gefragt oder auch Büffel.«

Ja, wahrscheinlich hängt deswegen auch das Bild in meinem Zimmer. Hat sicher, mal irgendwann, irgendwo an einer Mülltonne gelehnt und mir leid getan. Hab ich gedacht: ›Armes Bild. Warte, ich nehm dich mit nach Hause. Sei nicht traurig, an meiner Wand is noch genug Platz, genaugenommen is da noch gar nichts dran. Da kannste dich ruhig ausruhen und warm isses auch. Und wenn du schön artig bist, dann guck ich dich sogar ab und zu mal an.‹ Ja, und ich muss sagen, bisher gab es noch keinen Grund unzufrieden zu sein. Nich einen Mucks hats von sich gegeben. Ganz im Gegensatz zu den vielen handgeknüpften Teppichen, die unten in der Küche fast jede Nacht exzessive Partys veranstalten und bei denen ich nich mal sicher bin, ob die nich vielleicht sogar Alkoholiker oder rechtsradikal sind.

Der erste Tag im Mai

Auf den letzten Tag im April folgt bekanntlichermaßen der erste Tag im Mai. Und der gehört seit ewigen Zeiten der Arbeiterklasse oder denen, die sich dafür halten. Da ich mich, wegen einiger Tage, die ich mal nich krankgeschrieben bin, auch zu dieser Personengruppe zähle, bin ich natürlich verpflichtet, ebenso die Straße zu betreten, um Parolen für meine ureigensten Interessen in den Wind zu brüllen.

Treffpunkt des Votzenblocks* war der 1. Mai um zwölf Uhr vor dem Schoko-Laden* in der Ackerstraße. Ein netter Ort, ein lustiger Zeitpunkt. Den Abend vorher war ich noch mit Bert und Dehle um die Häuser gezogen. Wir tranken etwas Bier und probierten illegale Drogen*. Ich war irgendwie nich so gut drauf. Da waren auch so viele Polizisten und junge Menschen und Glasscherben und man wußte gar nicht wieso. Dann waren wir auch noch in einer Disco* und da bin ich dann aber gleich nach Hause gegangen. Nee, sone Discos sind doch eher was für junge Leute. Leider muss ich hier erwähnen, dass ich auf dem Rückweg denselben Fehler gemacht habe, wie schon mal früher in meiner Jugend. Ich muss wohl bei einem anatolischen Imbissverkäufer ein Produkt mit verschiedenen Salatzusätzen erworben haben, dessen Nebenwirkungen den folgenden Tag in ganz erheblicher Weise beeinflussen sollten.
Ich erwachte jedenfalls halb fünf und dann jeweils im Stundentakt immer wieder. Irgendwann schien mir die Scheißsonne dermaßen stark ins Gesicht, dass ich es nich mehr aushielt und die schützende Geborgenheit des Kuschelnestchens verließ. Mein eigener Mundgeruch ließ mich fast erbrechen. Ich rannte ins Bad und machte da so allerhand, was der Beschreibung nicht lohnt und letzten Endes auch ohne durchschlagenden Erfolg blieb. Vielleicht hätte ich mich auch lieber wieder ins Bett legen sollen, allein mein Bewusstsein, als Teil der unterdrückten Klassen und Schichten dem herrschenden Schweinesystem die Stirn bieten zu müssen, ließ mich standhaft bleiben.
Meine Hoffnung, ungesehen das Haus verlassen zu können, erfüllte sich leider nicht. Alle saßen sie vor der Tür, frühstückten gemeinsam wie es sich für ehemalige Hausbesetzer manchmal gehört. Sie sahen so fürchterlich frisch aus, und es duftete nach Toast, exotischem Käse und fairem Kaffee. Mir wurde schon wieder übel. In diesem Moment verstand ich die vielen Punker*, die einfach nur kaputt ma-

chen wollten und nie wieder aufbauen. Die Einladung zum Mitessen lehnte ich mit dem Hinweis auf den nahenden Zeitpunkt der Revolution* dankend ab und begab mich schleunigst aus ihrem Gesichtsfeld. Hatte ich schon erwähnt, dass die Sonne schien? Es war grauenvoll. Ich ging an der Post vorbei und hob 100 Mark ab. Nach der Revolution würde ich die Bank wechseln, soviel war klar. Die Postbank war irgendwie nich so gut. Punkt zwölf jedenfalls bog ich in die Ackerstraße ein. Außer mir war noch niemand da. Dafür guckte eine Oma gegenüber aus dem Fenster. Sie hatte ein grimmiges Gesicht und schien schlecht gelaunt. Vielleicht hätte ich sie fragen sollen, ob sie mit zum Votzenblock kommt. Aus unerfindlichen Gründen tat ich es nicht. Stattdessen dämmerte ich etwas weg.
Ich weiß nicht, wie lange ich weggedämmert war, auf einmal jedenfalls hielt ein Auto direkt vor dem Schoko-Laden*. Hartmut und Maik waren zum Votzenblock gekommen, extra aus Oldenburg. Das war ein Hallo! Mir war immer noch schlecht. Den angebotenen Apfel, oder war's 'ne Birne?, lehnte ich dankend ab. »Nee ich bin noch satt von gestern.« Sie erzählten mir 'ne Weile was, und die Sonne brannte vom Himmel, aber wir saßen im Schatten, es war kalt. Die andern Leute, die kamen, gingen auch wieder.
Maik, der als Beruf ›Stuntman‹ angab, hatte ein Telefon mit, und ich schlug vor, doch ma Stein* anzurufen, weil der ja das Megaphon hat und ohne Megaphon können wir eh nich gewinnen. Als ich Stein telefonisch mitteilte, dass wir schon seit 'ner halben Stunde auf ihn warten, wurde er ganz hektisch vor Betriebsamkeit und meinte, er würde so inner Dreiviertel Stunde losgehen, wir sollten doch schon mal so lange was besetzen. Nachdem ›Platz der Vereinten Nationen‹ (zu weit weg) und ›Pappelplatz‹ (kein Imbiss in der Nähe) ausfielen, entschieden wir uns für den Weinbergswegpark. Als das Ziel klar war, wurde es auch entschlossen angegangen, und schon nach 10 Minuten konn-

te der Sieg an unsere Fahnen geheftet werden, die wir im Geiste mit uns trugen. Der Widerstand, den uns diese delirierende Gesellschaft entgegensetzte, war einfach nur lächerlich zu nennen. Lächerlich.
Auf diesen Erfolg musste erstmal angestoßen werden. Die Diskussion über die Auswahl der zu erwerbenden Getränke führte fast zum Bruch innerhalb des Votzenblocks. Während die nichtsnutzige Oldenburger Fraktion sich zum Faschistenbier ›Beck's‹ (Wenn's nichts mehr gibt, Beck's gibs immer) bekannte, wollte der Rest, nämlich ich, lieber Kindl trinken. Nach mehreren Parteitagen hinter verschlossenen Türen setzte sich zum Schluß mein Vorschlag, begleitet von stehenden Ovationen, schließlich und letztendlich durch.
Inzwischen waren so ungefähr zwei Stunden vergangen, zwei Sixpacks waren alle und die Sonne brannte faschistisch auf unsere Köpfe hernieder. Plötzlich verfünffachte sich die Oldenburger Fraktion innerhalb einer Minute. Oder war es nur die Sonne? Vielleicht sollte ich mal das Bier wechseln? Von Kindl ging es nun zu Berliner Pilsener. Wir riefen noch mal Stein an. Er war kurz vor dem Losgehen. Jakob Hein* kam. Sah aus wie ein Radfahrer oder war es die Sonne? Wir waren jetzt ungefähr 1000, aber nur zwei aus Berlin. Würde die Oldenburger Fraktion den Putsch wagen? Die Sonne machte mir gleichfalls Sorgen. Wenn man so drei Stunden in der prallen Sonne sitzt und vier bis fünf Bier trinkt, kriegt man plötzlich das Gefühl, als würde gleich was passieren. In Gedanken ging ich alle möglichen Varianten durch und bemerkte deshalb nicht, dass wir bereits seit Stunden völlig von Bundesgrenzschutz umstellt waren. Oder war's die Sonne? Ungefähr halb 4 traf dann Genosse Stein samt Sarah, und ich glaub, da war noch jemand, ein. Mit Megaphon. Jetzt hätten wir auch einen Zweifrontenkrieg gegen BGS und Oldenburger starten können, aber wir beschränkten uns darauf, mitten im

besetzten Weinbergswegpark, zum Zeichen unseres Sieges und der ganzen kommenden Siege, eine stilisierte Votze* aus uns zu bilden. Die begeisterten Massen des Volkes setzten kurzzeitig die Schwerkraft außer Kraft und wir schwebten hoch über den japanischen Zierkirschen, die im Nebel versanken. Oder war es die Sonne? Jedenfalls müssen wir bald darauf auf der Kastanienallee gewesen sein. Ich erinner mich, dass wir an einem Imbiss hielten, wo Unteroffizier Heinze zu uns stieß. Der Votzenblock bestand nun aus sehr vielen Leuten. Kampfparolen machten die Runde. Einstimmig wurde eine Petition angenommen, nach der wir uns mit dem Gewalttouristen Thorsten P. aus Hamburg, gleichzeitig Assistent eines Bildreporters der Berliner B. Z., ausdrücklich solidarisierten, ansonsten aber von allen anderen Touristen distanzierten. Die Oldenburger murrten zwar anfangs, aber nich lange, das wär ihnen auch schlecht bekommen. Gestärkt durch etliche Flaschen Bier und ermutigt durch unsere schier endlose Siegesserie beschlossen wir, auf den Hinterhof des schwer verwundeten Genossen Leutnant Surf*, in die Oderberger Straße vorzudringen. Kundschafter der Revolution überbrachten Meldungen, wonach sich starke Kräfte der Reaktion rings um uns her sammelten. Ein kritischer Augenblick, der jedoch durch eine geniale Finte entschärft wurde. Wir gingen einfach zu Olaf hoch in die Wohnung und guckten 'ne halbe Stunde Fußball, zwar verschlüsselt, aber immerhin, ich glaub es stand 1:1, als wir wieder gingen. Der Leutnant tauschte Bier gegen illegale Drogen und berichtete von einer feigen Attacke des Klassengegners auf seine Zähne. Uns fehlten die Worte, als wir die dicke Backe des standhaften Kämpfers für die Ideale von alles Mögliche erblickten. Was für ein perfides System! Wenn überhaupt möglich, steigerte sich unser Kampfesmut und auch die innere Geschlossenheit noch weiter. Aber draußen die Sonne knallte doch wieder ziemlich. Mit der Straßenbahn ging es dann weiter zum Humannplatz. Der

Plan, ganz viele Fahrkarten zu verbrennen, wurde schnell wieder verworfen, da es keine Fahrkarten gab. Der Humannplatz befand sich voll in der Hand von reformorientierten Kräften allerlei sozialdemokratischer Couleur. Darauf machte zumindest ansatzweise Tarzan* aufmerksam, als er irgendwas brüllte. Nachdem eine erschreckende Unterversorgung der Festteilnehmer mit Speisen und Getränken festgestellt werden konnte, schritt der Votzenblock zu kritischen Kontrollen gegen eine stattliche Anzahl von Ständen vor. Lediglich ein Stand, an dem es nichts gab, konnte unseren Anforderungen entsprechen. Der Stand der ›Jungen Welt‹ musste sogar regelrecht beschimpft werden, was sie uns mit kleinen Geschenken versüßten. Ich weiß nicht, ob der politische Gegner ab ungefähr so diesem Zeitpunkt chemische oder biologisch-bakterielle Waffen einzusetzen begann, jedenfalls trübt, ab etwa da, ein nebliger Schleier meine Erinnerungen. Ich weiß noch, dass wir in einem revolutionären griechischen Restaurant üppig mit Retsina versorgt wurden, ich weiß auch noch irgendwas mit einem Pferd und dass die Polizisten nich mitkiffen wollten, doch dann komme ich so richtig erst wieder bei diesem Konzert zu mir, wo mir ein langhaariger Mensch gegenübersteht und behauptet, ich hätte seine Trompete kaputtgemacht. Da war der erste Tag im Mai aber auch fast schon wieder zuende und im Prinzip alles, was wir wollten, zumindest mal angedacht.

Erinnerungen

Rita

Rita saß auf der Bank am Teutoburger Platz. Im leichten Nieselregen trank sie ihr Büchsenbier. Berliner Pilsner,

›Was gut ist, setzt sich durch‹. Schmeckte zwar besser aus der Flasche, aber Büchse is billiger.

Und sie überlegte, ob es das war, wofür sie ’89 auf die Straße gegangen is.

Udo

Udo pickte das letzte Schokoriegelpapier vom Rasen des Teutoburger Platzes. »Puh, geschafft!« Er steckte sich eine der wesentlich nikotinärmeren Lights von Marlboro an und überlegte, ob es das war, wofür er ’89 auf die Straße gegangen ist.

Marion

Marion ließ den Motor ihres Golf Cabrio aufheulen. Ihr buntes Kopftuch flatterte im Wind. Links und rechts sausten die lindgrünen Alleebäume vorbei. Während sie mit der linken Hand den Kurs hielt, suchte die Rechte ihren Lieblingssender, den mit den Hits der 70er, 80er und 90er. Als sie durch die dunkle Sonnenbrille das Ziel der Fahrt, ihr neues, idyllisch am Stadtrand von Berlin gelegenes Zweithäuschen erblicken konnte, spürte sie plötzlich ein starkes Gefühl der Dankbarkeit gegenüber all denjenigen aufkommen, die damals ’89 auf die Straße gegangen sind.

Ahne

Ahne liegt im Bett und schläft. Deswegen kann er nich drüber nachdenken, ob es das war, wofür er ’89 auf die Straße gegangen ist. Hat er aber schon mal gemacht. Nämlich kurz vorher. Da isser dann entsetzlich müde geworden und eingeschlafen.

Wie ich mal die Welt rettete

Gestern vormittag lief jemand vor mir, der hatte einen so großen Rucksack auf, dass dadrin eine Atombombe hätte sein können. Man hört ja jetzt so allerhand von, dass das in der Ex-Sowjetunion so üblich ist, kleine Atombomben rumzutragen und auch mal zu verschenken. Ich hatte ganz schön Angst. Ich schaute mir die umherlaufenden Passanten an. Wer würde mir helfen, mir beistehen? Zivilcourage war gefragt. Ich hatte erst neulich so 'nen Film gesehen. Da hatte einer allein nur mit seiner Intelligenz und seiner Muskelkraft die Mafia und auch die bösen Leute aus der Ukraine besiegt und damit die Welt vor dem Atomkrieg gerettet. Außerdem hat er noch einen Sohn mit seinem Vater zusammengebracht, und er war lustig.
So wollte ich auch sein, mal sehn. Ich rannte unauffällig an ihm vorbei und wartete an der nächsten Ecke total gut versteckt, so dass er mich nicht sehen konnte. Allein, der Kerl war cleverer als ich gedacht hatte. Er war auf die andere Straßenseite gewechselt. Ich biss mir vor Wut den halben Ringfinger der linken Hand ab, kaute ein wenig drauf rum und spuckte die Knorpel und Knochenstücke wieder aus. Doch wer jetzt gedacht hätte, ich würde aufgeben, der sah sich getäuscht. Ich lieh mir von einer entgegenkommenden Dame ihren Regenschirm aus, kaufte in einer Drogerie etwas Gift und füllte den zufällig hohlen Schirmstab damit auf. Nun brauchte ich nur noch eine Spritze. Ich nahm eine, die auf dem Boden lag, wegen Drogensucht, und baute sie in den Schirm rein.
Jetzt war die Mordwaffe fertig. Das war ja toll! Ich bin ein eleganter Techniker, das musste ich mir lassen. Praktisch aus dem Nichts eine unauffällige Konstruktion aufgerichtet. Prima! Aber wo war der Terrorist jetzt. Ich hatte ihn für einen Moment aus den Augen verloren. Aus den Augen, aus dem Sinn. Aber nicht mit mir! Mit nur einem Hops saß ich

auch schon auf einem Fahrrad, hinten auf dem Gepäckträger drauf. Die Frau guckte erst komisch, aber ich sagte: »Weißensee, nehmen sie die Verfolgung auf«, und öffnete den Regenschirm, denn es hatte mittlerweile heftig zu hageln begonnen.
Die Frau tat mir leid. Sie hatte keinen Regenschirm und musste auch noch Rad fahrn für zwei. Währenddessen schlugen ihr die Eisbrocken auffällige Gruben in die Schädeldecke. Der Hagel wurde immer stärker. Man sah fast gar nichts mehr. Außerdem setzte Frost ein. Mir war kalt. Dann rutschte die Frau weg. Wir flogen hin, und ich tat mir weh. Scheiß Fahrrad! Es war total vereist, noch mit der Frau dran. Ich hatte jetzt andere Probleme. Drüben vor dem Kino *Rio* stand der Typ mit der Bombe. Er lächelte.
Ich sah zwar nur seinen Hinterkopf, aber ich konnte sein Lächeln tief in mir drin spüren. Wir waren Gegenspieler, das wußte er genau. Mein Gesicht wurde stahlhart.
Plötzlich schien die Sonne. Ein Bus kam vorbei. Ich überquerte die Straße. Vom Dach rutschte eine Ladung Ziegel herab und begrub eine Oma unter sich. Ich hatte jetzt andere Probleme. Der Typ mit dem Rucksack stand nur noch fünf Meter von mir entfernt. Er griff sich in den Schritt und spielte ein wenig an seinen Eiern. Das Schwein! Jetzt bloß nicht ausrasten. Ich überprüfte meine Ausrüstung, gab einem vorbeikommenden Schulkind eine Probespritze und sah zu, wie es nach ein paar Metern torkelnd in sich zusammenbrach. Alles klar. Doch was war jetzt? Der Typ hatte sich umgedreht. Deutlich schimmerte das Böse in seinen Augen. Er fragte, warum ich ihn so anstarre. Ich gab keine Antwort. Stattdessen rammte ich ihm den Regenschirm mit aller Gewalt in die Magengegend und pumpte ihn mit einer doppelten Ladung Todesgift voll. Er war ein zäher Hund. Er röchelte irgend etwas von Energiebällchen. »So nennt man das also in euern Kreisen!« Ich wußte nicht, wieviel Zeit mir noch blieb. Im Fernsehen schalteten sie die Bomben meis-

tens erst zwei Sekunden vor dem Overkill aus. So wollte ich es auch machen. Aber man konnte nie wissen.
Im fahlen Mondlicht war es entsetzlich schwer, den Doppelknoten vom Rucksack aufzubekommen. Hölle noch was! Dann endlich, der Terrormann war schon in den Zustand der Leichenstarre übergetreten, da schaffte ich es. Zu meiner Überraschung war die Bombe sogar noch größer als ich gedacht hatte, nämlich doppelt so groß. Eigentlich viel zu groß für den Rucksack. Aber die Realität ist manchmal äußerst abstrakt.
Der Zünder stand auf 25 Sekunden vor Explosion, ich hatte also noch ein wenig Zeit. Pünktlich bei zwei Sekunden vor Ultimo schaltete ich ihn aus und rettete damit die Welt. War gar nicht mal so schwer. Die im Fernsehen dramatisiern immer alles so.
Ach, und übrigens, das mit dem toten Schulkind hab ich der vereisten Frau in die Schuhe geschoben, man is ja schließlich nich blöd.

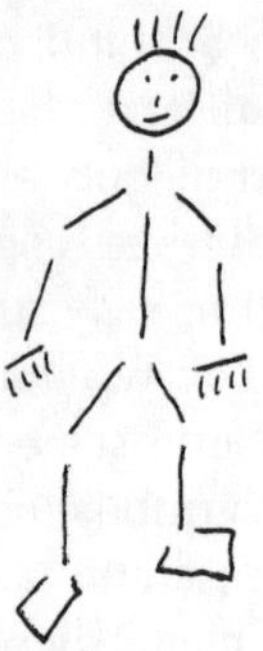

Obwohl Torsten ganz normal aussah, kam er dennoch aus einer anderen Dimension.

Frühlingsgefühle

Traurig schmunzelt der Schneehase hinter dem Weidensträuchlein, das er sich als Deckung erwählt hat. Trübsinnig schluckt der Eisvogel mal kurz, weil es ihm seine Kehle zuschnürt. Und die Winteraster weiß auch nicht, ob sie lachen oder weinen soll. Ja, die kalte Jahreszeit ist vorbei. Mit ihr das Juchzen der Kinder, das glückliche Knistern und Knastern der Holzkohleöfen und das Schnurpsen, das entsteht, wenn man in einen Bratapfel beißt. Auf leisen Sohlen verabschiedet sich der Winter. Packt den letzten Schnee in sein Köfferchen, schraubt die Eiszapfen ab und winkt noch einmal mit einem gutmütigen Hagelschäuerchen. »Adieu« sagt er. »Adieu, vergesst mich nicht. Ich hab euch lieb.« Und weg isser.

Ein dröhnendes, grimmiges Lachen erklingt stattdessen von Ferne. Schneidende Sonnenstrahlen, die erbarmungslos auf die Erde niederbrennen, künden vom Einmarsch eines schrecklichen Gesellen. Das warnende Brummen der ersten gefährlichen Insektenschwärme lässt die Sanftmütigen zusammenzucken. Mörderische Pollen setzen sich von ihren Startrampen übelriechender Blüten aus in Bewegung. Kackhaufen tauen auf und beginnen zu dampfen. Bestialischer Gestank verpestet die Luft, die ja eigentlich zum Atmen gedacht war. Hinter einer schützenden Mauer flüstert Opa Werner seiner kleinen Enkelin ins Ohr: »Mein Kind, erschrecke nicht …, der Frühling ist da.« Und schweigend nimmt er sie bei der Hand, wirft noch einen letzten Blick zurück, dann schleichen sie gebrochenen Schrittes hinunter in den Keller wie jedes Jahr. ›Sie wird sich schon daran gewöhnen, wird sie, sie muss es ja, sie ist ja noch jung‹, denkt er bei sich und hofft, dass niemand die Tränen sieht, die ihm in Sturzbächen die Wangen herunterlaufen.

Für Ahne

Du denkst vielleicht, du bist ganz klug
und glaubst auch, dass du schön bist
oder was?
Hass, Hass, Hass
Doch wenn du richtig hinguckst
in 'n Spiegel vielleicht
dann wirst du schon sehn, was du davon hast
und wenn's dir nicht passt
kauf dir doch ein neues Gesicht
und ein Herz gleich dazu
in dieser kapitalistischen Gesellschaft
ist kein Platz für dich doofe Kuh
mit Pimmel dran

1.000,– Mark sind ein Klacks

16.40 Uhr Mittwoch nachmittag.
Ich muss zum Zahnarzt nach Westberlin. Ein Termin, den ich schon seit Wochen mehr oder weniger erfolgreich zu verdrängen versuche. Ein Zahn soll aufgebaut werden. Ein Zahn noch aus DDR-Zeiten. Abgebröckelt wie das alte System. Hinweggefegt von der sogenannten friedlichen Revolution.
Ein Zahn, der mal Besseres wollte ursprünglich, der überholen wollte, ohne aufzuholen, der aber an seinen eigenen Methoden zerbrochen ist. Ich trage einen Heilkostenplan für diesen Zahn in meiner Tasche. Der stammt noch aus dem Februar, wo ich auch Geburtstag habe. Viele Leute haben ja irgendwann Geburtstag, ich eben im Februar. Warum auch nicht? Stolz können Mütter sein auf die Kinder, die ihren Geburtstag nicht einfach verschweigen. Denn Ver-

drängen und Vergessen hilft uns nicht weiter, in einer Zeit, wo das Moderne deutlich an Gewicht zulegt. 1.000,– Mark oder so ähnlich kostet ein Zahnaufbau heutzutage. Eine ganze Menge Schotter, denken Kleingeister, die ansonsten vielerorts locker 1.000,– Mark für einen Beutel Schrippen über den Ladentisch blättern.
Ich sage mal, 1.000,– Mark sind ein Klacks. Was sind schon 1.000,– Mark gegen einen formschönen Zahn, mit dem man die eine oder anderes des diametral gegenüberstehenden Geschlechts verzaubern kann. Nichts, sage ich, und zwar mit Nachdruck. Nichts. Scheiß Zahnarzt! Man kann sich zwar was vormachen, aber letzten Endes bleibt dann doch nur die Angst. Noch eine Station bis Warschauer. Dann umsteigen in die U1. Meine Chefin hat gesagt: »Manche sterben eben, aber für die anderen geht das Leben weiter.« Wie recht sie hat. Doch oftmals bleibt so ein bedrückendes Gefühl. Anscheinend wird die Straßenbahn auf der Warschauer Brücke nach Kreuzberg ausgebaut. Das ist mir heute ziemlich scheißegal. Und daran sind die da oben schuld mit ihren Diätenerhöhungen und der ganzen Kriminalität. Ich habe nämlich Wut. Eine Scheißwut. Eine richtige Angstwut. Wenn jetzt Revolution wäre, ich würde mitmachen und zwar einfach so, ohne zu wissen, worums geht. Dann müßte ich wenigstens nicht zum Zahnarzt. Halbsoschlimm, würde meine Mutter sagen, aber die hat auch mal gesagt, dass die Grünen nie ins Parlament kommen. Wie kann man so einer Person glauben.
Ich weiß gar nicht, bei welcher Station ich aussteigen muss, und Knoblauch hab ich gestern auch gegessen und hat die Zahnärztin beim letzen Mal nicht wie ein Nazi geguckt. Hat sie! Die Kirche muss jetzt auch noch ihr Fett wegbekommen. Die ist doch auch Scheiße und ich bin viel zu warm angezogen. Der dicke Pullover bei 25 Grad Celsius. Ich schwitze, ich stinke, es ist erbärmlich. Jetzt bin ich auch noch falsch ausgestiegen. Hallesches Tor, dabei muss ich

doch zu einem ganz anderen Bahnhof. Zu welchem eigentlich? Oh nee, jetzt weiß ich's wieder. Möckernbrücke! Voll der Kackbahnhof! Kacken muss ich auch schon wieder. War doch erst heute früh. Das Westlergemüse in der Kantine muss schlecht gewesen sein. Mais und Champignons. Voll der Fraß. War gar nicht nur schlecht der Osten. Wenn jetzt alles glatt läuft, wirft sich wenigstens noch einer von den Pennern vor die U-Bahn. Pustekuchen. Logo, wenn man den Suizid mal braucht, isser in Urlaub. Scheiß Gewerkschaften. Noch eine Station. Kleistpark. Der Park der Verdammten. Die UNO hat bis jetzt auch total versagt. Ich will zurück in die Muschi meiner Mama! Wo bist du Mama? Es ist kalt, es regnet, ich schwitze und nur noch 100 Meter bis zur Hölle. Ich verfluche den Tag, an dem die Welt nicht untergegangen ist.

19 Uhr. Die Welt ist untergegangen. Jedenfalls in meinem Mund. Ich sitze in der U-Bahn Richtung Hermannplatz und kann nicht mehr sprechen. Die 1.000,– Mark sind auch weg. Aber was sind schon 1.000,– Mark. Ein Klacks. Scheiß System!

Erika auf dem Dorf (Für die BRAVO)

Erika liebte Pferde. Sie war über die Sommerferien eingeladen worden, zu ihrem Onkel aufs Land zu fahren. Ihr Onkel war ein gutmütiger Mann in den besten Jahren, der seine Nichte über alles liebte und ihr jeden Wunsch von den Augen ablesen würde. Seine Frau war leider schon früh verstorben. An Lungenkrebs. Sie hatte zuviel geraucht. Eine Stange am Tag. Na gut, das machen viele andere auch, aber nicht schon, seit sie acht sind.
Der Onkel besaß noch zwei Hunde und einen Stallburschen.

Die Hunde hießen Hans und Gerd. Den Stallburschen nannte man Möhre. Er war ein Witzbold und überall beliebt. Möhre, so sagten die Leute im Dorf, Möhre könne sogar Pferde zum Lachen bringen. Erikas Onkel besaß keine Pferde. Das war traurig, nicht nur für Erika, nein auch für ihren Onkel, denn er war ganz arm. Man könnte sagen bettelarm. Möhre hielt nur zu ihm, weil kein anderer einen Stallburschen brauchte. Der Beruf des Stallburschen war ja praktisch schon seit 20 Jahren ausgestorben. Er arbeitete, ohne dafür Geld zu kriegen, mähte Rasen, harkte die Wege und bürstete den Hunden das Haar, bis es goldig glänzte. Zum Lohn erhielt er von Erikas Onkel immer pro Tag einen Schokoriegel mit der Extraportion Milch. Geld holte sich Möhre vom Sozialamt, wo er als schwer vermittelbar galt. Klar bei dem Beruf. Die Hunde Hans und Gerd waren schon mehr als 15 Jahre alt und sollten eigentlich jeden Moment sterben. Aber sie lebten hartherzig und grausam weiter und aßen dem armen Onkel manchmal sogar das letzte Stückchen Brot weg. Der musste dann mit knurrendem Magen und Tränen in den Augen einschlafen, was er aber selten schaffte, weil er immer so munter war. Das wiederum kam von den vielen Sorgen wegen der ganzen Scheiße um ihn herum. Ja, so sah die wirkliche Welt bei dem Onkel von Erika aus.
Doch Erika wußte von alledem nichts. Erika liebte Pferde. Sie fuhr im Zug von Bielefeld nach dem Dorf hin und hörte auf ihrem Walkman die Backstreetboys. In Gedanken saß sie schon auf einem weißen Schimmel, der über die Wolken ritt, und winkte ihrem Onkel hinunter, der nur noch ganz klein wie ein winziger Punkt auf der goldgelben Wiese zu sehen war. »Onkelchen, Onkelchen. Ich kann fliegen!« Dann war der Traum auch schon vorbei. Die Kassette war alle. Außerdem drohte die Endstation bald zu kommen. Erika musste vor Aufregung pullern. Die Zugtoilette war ganz schön schmutzig. Diese Männer, im Stehen müssen sie immer pullern. Dabei geht meistens was dane-

ben. Und die Kackspuren machen sie auch nicht weg. Das hatte sie von ihrer Mutter gelernt. Und sie sprach es leise, aber voller Entrüstung vor sich hin. Sie hatte sich vorgenommen, bald wie eine richtige Dame entrüstet reden zu können.

So, jetzt hieß es aber Sachen packen und fertigmachen zum Aussteigen. Sie nahm ihren Rollerkoffer und das Schmetterlingsfanggerät und begab sich zur Tür. Das war ein Hallo, als der Onkel seine Nichte auf dem Bahnsteig von seinem Ort umarmte. »Hallo, Onkel.« »Hallo, Nichte.« »Hallo, wer ist denn das?« »Hallo, das sind meine beiden Hunde Gerd und Hans.« »Hallo, nein, die meine ich nicht.« »Hallo, ach so, der andere heißt Möhre.« Dann gingen sie alle zusammen ein Eis essen in der Bahnhofskneipe. Der Onkel hatte sich extra Geld von Möhre geliehen. Dieser wiederum hatte sich das Geld vom Sozialamt geborgt, was wiederum wir allesamt als Steuerzahler hart erarbeiten müssen. Doch die gute Erika hatte von alledem keinen Schimmer. Sie verschlang das Eis in Nullkommanichts, weil sie Eis so gerne aß. In ihrer Klasse nannte man sie auch das Eisfreakfräulein. Jetzt aber wollte sie die Pferde sehn, von denen ihr Onkel immer so geschwärmt hatte. Früher nämlich besaß der Onkel einmal Hunderte von schönen Pferden, Araber und Vollblüter und Hengste und Stuten und auch Schimmel mit und ohne Hufe. Da war er noch ein angesehener Bauer gewesen. Doch dann kam die große Pferdekrise, man stellte Plutoniumsulfat in Pferdehaaren fest. Keiner wollte mehr so richtig reiten. Er konnte seinen Kredit nicht zurückzahlen, die Frau starb, das Wetter wurde schlechter, er kriegte miese Laune und war urplötzlich total arm. Als sie ihren Onkel fragte, ob sie jetzt reiten könnten, erzählte Möhre geistesgegenwärtig schnell einen Witz. Alle lachten. Dann wollte Erika es wieder wissen. »Onkel, ich bin total scharf auf Reiten. Wann gehts los?« Doch sofort sprang Möhre seinem Fastchef bei. »Kennst du schon den Witz mit dem Beamten, den zwei Russen, den Polizisten, dem Ostler, der Nutte und den drei Schwarzarbeitern und noch dem homosexuellen bayrischen Dachdecker?« Dann erzählte er den Witz. Danach fragte sie nochmal und Möhre erzählte noch einen Witz, nochmal und nochmal. Doch plötzlich konnte Erika nicht mehr über die Witze lachen. »Onkelchen, sei ehrlich. Du hast gar keine Pferde!« Dabei brach sie in Tränen aus. Möhre beugte sich über den Tisch und gab ihr einen langen Kuss direkt auf den Mund. Erika schien zuerst überrascht. Doch dann gab sie sich ihm total hin. Sie erwiderte innig seinen Kuss, schlang ihre Arme um seinen Hals und sprang mit einem einzigen Hops auf Möhres Schoß. Dieser gab dem Onkel ein Zeichen, sich jetzt zu verpissen, was auch die anderen Gäste, sowie der Barkeeper verstanden. Erika und Möhre lagen sich in den Armen, und es kam dann auch zum Geschlechtsverkehr. Zuerst auf dem Tisch, dann auf dem Tresen und zum Schluss auch noch über der Eingangstür. Sie waren beide total verliebt. Schon zwei Tage später heirateten sie auf dem Standesamt in dem Dorf von Erikas Onkel. Erika war sofort schwanger und alle im Dorf, außer die doofen Hunde Hans und Gerd, freuten sich darüber.

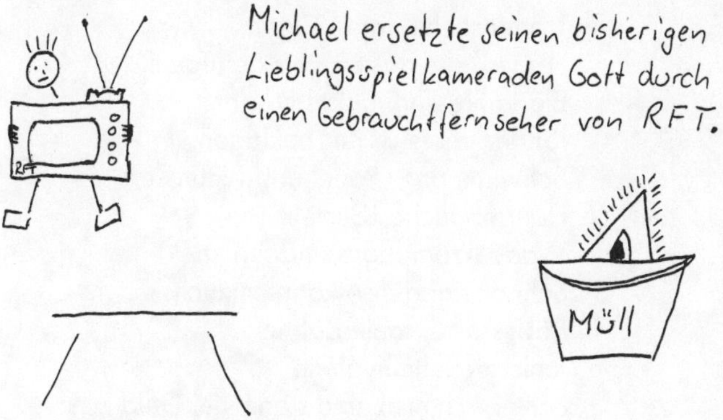

Der Onkel von Erika bekam noch in derselben Woche von einem Unbekannten, der scheinbar völlig verrückt war, 1 Million Pfund Sterling geschenkt und kaufte sich ganz viele Pferde. Möhre und Erika besprangen einen der schönsten Schimmel, die es wohl je auf Erden gab, trabten los, hoben ab, und als sie eng umschlungen der Sonne am nächsten waren, da starben sogar die beiden blöden Hunde Hans und Gerd.
So war es dann doch noch ein schöner Urlaub gewesen. Da würden die in der Klasse von Erika aber staunen.

Traumurlaub im Ferienparadies Hammamet / Tunesien (Langfassung)

Ausschlag, Schorf und Überbeine
dicke Lippen, falsche Scheine
Grippeviren, Badehosen
überflüssje Tupperdosen
Bügelfalten, Achselschweiß
rumjammern bei jedem Scheiß
Schlechte Schminke, Tennisschläger
fette Ärsche, Hosenträger
Tränensäcke, feiste Lügen
Frauen, die des Nachts betrügen
Blöde Fressen, blöde Fragen
Kinder, die sich nur beklagen
Schwimmring, Popel und Neurosen
Hängebäuche, Gürtelrosen
Wadenkrämpfe, Mundgeruch
Schnaps gegen Alkoholentzuch
Babykacke, faule Zähne
fehlende Intimhygiene
echter Schmuck und ganz viel Geld

meiste Sorgen vonner Welt
Nazisprüche, Judenwitze
Pickel inner Poporitze
Ohrenschmalz und Mückenspray
Aufputschmittel Hustentee
gutgemeinte Ratschläge
ellenlange Vorträge
Langeweile, Depressionen
Pläne, die sich doch nich lohnen
BRAVO Hefte, Hit-Kassetten
steuerfreie Zigaretten
Augenringe, massig Fett
Hamma mit in Hammamet

Ein Abenteuer

Unheimlich früh aufgestanden. Sonne ist noch gar nicht so richtig da. Könnte sein, es ist sogar morgens.
Will mir einen Kaffee brühen und sehe, dass jemand in der Ecke sitzt. ›Nanu‹, denke ich, ›Wer sitzt denn da in der Ecke?‹ Es ist eine kleine Ratte, vielleicht auch eine große Maus. Wer weiß das schon genau. Die kann man doch nie auseinanderhalten. Das is ja 'n Ding! Hier bei mir in der Wohnung. Dabei hab ich gestern noch ausgefegt. Ich bin etwas unschlüssig, was ich machen soll. Die Rattenmaus auch. Wir gucken uns an. Bestimmt bastelt sie gerade an einem Fluchtplan. Links antäuschen und nach rechts wegrennen. Haha, durchschaut, meine Liebe, nich mit mir. Zwei Stunden später. Inzwischen ist es knallheiß draußen. Ein perfekter Badetag zieht seine Bahn. An der Situation hat sich nichts Grundlegendes geändert. Ich halte immer noch die Kaffeekanne in der Hand. Die Ratte überlegt nach wie vor fieberhaft. Es scheint, als befänden wir uns in unserer

eigenen abgeschirmten Dimension. Hab ich sowas nich schon mal gesehen, bei Akte X vielleicht? Ich glaube Nein. Das war doch wahrscheinlich eher was mit Außerirdischen. Hier handelt es sich ja um eine Maus. Eine große Maus. Oder eine kleine Ratte. Ich versuche mal was zu machen, mit dem das schlaue Nagetier nicht rechnet. Ich schreie ganz laut »Pieps«. Scheinbar hat sie doch damit gerechnet. Sie bleibt erstaunlich gelassen.
Irgendwann bin ich dann einfach aufs Klo gegangen. Als ich zurückkam, war die große Maus weg. Oder kleine Ratte, je nachdem.

Wie ich mal wieder nich in Albanien gewesen bin sondern woanders

Ich war noch nie in Albanien gewesen. Noch nicht mal einmal. Ich weiß gar nicht, wie es da so ist. Deswegen kann ich auch gar nichts darüber schreiben. Aber ich war mal auf dem Helmholtzplatz, bei einem Fest für Kinder und Erwachsene.
Es war eins dieser üblichen Helmholtzplatzfeste, wie sie alljährlich immer wieder regelmäßig stattfinden. Die Heilsarmee verteilt Futschi und Bratwurst zu außerordentlich günstigen Konditionen. Bäume breiten ihr Blätterdach über die Besucher und eine Bühne is auch da. Dort spielt als erstes die wahrscheinlich jüngste und wahrscheinlich beste Surfband der Welt ›Plan 9 from Outerspace‹*. Sie schrubben ihre Instrumente überaus gekonnt, wie wenn Mutti Waschtag hat. Melodien von präziser Eleganz kräuseln sich besitzergreifend um die geneigten Ohren allerlei Erschienener, die hier so da sind. Und das sind zwar nicht viele, aber auch nicht grade wenige. Sowas dazwischen irgendwie. Die meisten trinken Dosenbier. Sternburg, Spar-

Pilsener oder Pilsator. Für jeden Geschmack etwas. Dazu kreisen diverse Öken mit ziemlich hochprozentigen Flüssigkeiten. Die Laune ist dementsprechend. Es wird viel gelacht. Einige haben es sich schon bequem gemacht. Sie liegen auf Mutter Erde und lassen die Welt Welt sein. Ich habe bereits zwei Bratwürste verdrückt und versuche, die Östrogene in meinem Körper halbwegs unter Kontrolle zu halten. Das gelingt allerdings nicht ganz. Auf meiner stolzen Männerbrust beginnen zwei kleine Tittchen zu wachsen. Als ich meinen Widerstand aufgebe, denke ich: ›Na und‹ und ein wenig später ›Is doch niedlich so kleine Möpse‹.
Schon fühle ich gierige Männerblicke auf meinen Körper gerichtet. So ist das also, wenn man Objekt der Begierde ist. Muss man auch mal erlebt haben. Schön hier in Berlin. Ganz anders als woanders.
Auf der Bühne stellt sich inzwischen eine Frau als die Gertrud vom Kulturprojekt Förderband vor. Sie haben das alles hier auf die Beine gestellt. Niemand nimmt von ihr Notiz. Vielleicht sind alle von meiner aufblühenden Schönheit abgelenkt? Ich erröte ein wenig. So im Mittelpunkt zu stehen macht ganz schön nervös. Damit ich nicht gleich vergewaltigt werde, mach ich einen auf bekloppt. Ich zieh so 'ne Grimasse wie ein Rapper und lasse Spucke aus den Mundwinkeln herauslaufen. Alle lachen und gucken schnell nach vorne. Ich bin wieder einer von ihnen, gehe unter in der Masse, und auf der Bühne steht jetzt der Leibhaftige. Der leibhaftige Bürgermeister vom Prenzlauer Berg. Jedenfalls stellt er sich als solcher vor. Es ist schon traurig, aber obwohl ich seit ewigen Zeiten hier wohne, weiß ich noch nicht mal, wie er heißt. Das kann doch nicht wahr sein! Knuffke vielleicht oder Schnattel, Juhnke, Fallada oder Kohl? Mir fällt einfach kein Name ein, der zu dem Mann passt. Und von welcher Partei? Sieht ja 'n bisschen aus wie PDS, aber die Schuhe wohl doch eher SPD. Er redet trotzdem wie alle Parteien zusammen, so sang- und klanglos. Irgendwas von

dass der Helmholtzplatz ja nicht unbedingt den besten Ruf hat. Von wegen schmutzig, und die Alkoholprobleme und so. »So'n Quatsch«, ruft ein Typ, der grade vom Kotzen wiedergekommen ist. »Frechheit!« schallt es dem Politiker aus der Büchsenkolonie entgegen. Nach ihm sind zwei Frauen dran, die versuchen Holländer-Lieder zu interpretieren. Sie machen das augenscheinlich zum ersten Mal, sehen aber ansonsten sehr gut aus. Die Menschen sind schier aus dem Häuschen. Ein Mann mit kaputter Schirmmütze und tätowierten Tränensäcken entert die Bühne und will sich zwischen die Beine der einen Debütantin schlafen legen. Andere verkloppen zwei Clowns, die sich anschickten, die schöne Stimmung kaputtzumachen. Büchsen fliegen. Zwei Hunde zerfleischen den angeblichen Bürgermeister. Kurzzeitig scheint die Lage außer Kontrolle zu geraten. Da erkämpft sich Gertrud wieder das Mikrophon. Ohne Worte fließen ihr die Tränen. Hemmungslos weint sie dem Publikum entgegen. Sofort beruhigt sich die Szene wieder. So offen seine Gefühle zu zeigen kommt eben immer noch an hier am Helmholtzplatz. Ein echtes Highlight dieser Auftritt. Alle fragen sich, ob sie was falschgemacht haben.
Als erstes kommt der Mann mit den tätowierten Tränensäcken wieder zur Besinnung. »Ausziehn, Ausziehn!« ruft er fröhlich. Dann fliegen auch wieder die Bierbüchsen, und eine Lerngruppe der Volkshochschule Weißensee versucht heiße brasilianische Sambarhytmen zu intonieren. Bevor dann die gefürchtete Podiumsdiskussion mit den Spitzenkandidaten im Prenzlauer Berg droht zu beginnen, unter anderem will sich Zottelprinz Wolfgang Thierse öffentlich nackig auspeitschen lassen, muss ich leider das Feld räumen. Zu Hause gibts Mittag. Kartoffelbrei mit Fischstäbchen, mein Lieblingsgericht. Da kommt nichts gegen an. Und als ich dann so, mit wippenden Tittchen, mich auf dem Heimweg befinde, da denke ich so bei mir: ›Ach warum eigentlich nich mal Albanien, is bestimmt auch ganz schön.‹

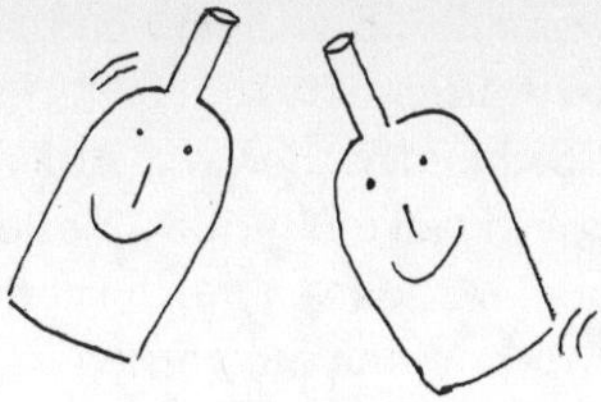

Zwei fröhlich tanzende Flaschen sind immer noch besser als Hundequälerei in Kambodscha

In einem x-beliebigen Künstlerrestaurant

Ich warte. Ich sitze da. Ich sitze in einer sogenannten rustikalen Gaststätte und warte. Drei andere sind auch noch da. Sie warten nicht. Sie sitzen zusammen an einem Tisch und unterhalten sich. Scheinbar haben sie sich mit Absicht hier getroffen. Kann mir aber auch egal sein. Ich warte. Die Kollegen sind schon seit 'ner Dreiviertelstunde überfällig. Aber wie heißt es so schön, Künstler!
Naja, ich trink eben noch 'n Kamillentee. Zucker? Ohne Zucker. Ich hab doch hier, Zipperlein. Ja, die Nierendrüse. Kennse nich, wa? Ja, das gibts. Ist irgendwo im Bauch. Kann man von weitem nich sehen. Naja, müssen 'se auch nich kennen. Is Fachwissen.
Ich warte.
Ich könnte ja popeln. Da drückt so ein dicker grober Klotz schon seit Stunden gegen die Nasenwand. Unangenehm. Mo-ment. »Ach, hallo, Sie wollen sich hier mit ransetzen. Ja, natürlich is hier noch Platz. Ich,... mir hat bloß so die Nase gejuckt. Unangenehm. Na, kennse ja bestimmt. Ach, Sie sind vom Radio. Auch nich schlecht. Was verdient man denn da so?«
Zwei Frauen vom Radio. Wollen sich mit mir unterhalten.

Sie machen ein Feature über Slam Poetry. Da sind wir ja genau die richtige Adresse.
»Ja. Slam Poetry. Sicher. Machen wir. Ab und zu jedenfalls. Sie können sich das ja mal anschauen. Kostet 5 Mark. Wenn noch jemand kommt. Ansonsten mach ich alles alleine. Das macht dann 50 Mark. Wenn Sie verstehen, was ich meine. Ha, ha. War 'n Scherz!«
Die beiden Frauen vom Radio gucken sich an. Ich glaube, mein erster Eindruck auf sie war nicht gerade überzeugend. Sie entschuldigen sich und setzen sich einen Tisch weiter.
Ich warte. Wenigstens Hans Duschke könnte 'ma kommen. Ich nippe an meinem Kamillentee. Bah, was für ein Gift, dieses Zeug. Kein Wunder, dass viele Künstler dem Alkohol verfallen. In einer halben Stunde soll die Show losgehen. Die lassen mich hier hängen. Diese ewige Warterei, die geht mir total auf die Nerven. Ha! Ein schwarzer Schwan betritt den Raum, setzt sich zu mir an den Tisch, bestellt zwei Baguettes, packt die Würfel aus, packt die Würfel wieder ein, bestellt die Baguettes ab und verlässt den Raum wieder. Er hatte sich wohl in der Tür geirrt.
Der Mann am Tresen murmelt die ganze Zeit vor sich hin. »Keine sozialistischen Experimente. Keine sozialistischen Experimente.«
Ich stürze den seit Stunden vor mir stehenden kochend heißen Kamillentee in einem Zug herunter. Schreie erlöst auf, denn da sind sie, meine Kollegen. Schön. Sie haben den Treffpunkt um 3-4 Stunden nach hinten verlagert. Sie haben aus Versehen vergessen, mich zu informieren. Sie finden es sehr lustig, dass auf meiner Zunge überall kleine Bläschen sind.
Sie haben vorher noch einen Drogencocktail* zu sich genommen. Sie sind heiter und locker. Sie fragen »Na, wie gehts denn deinem Nierensausen, alte Schwuchtel?« Na, dann kanns ja losgehen mit der Show.

Lust auf Käse

(Zu dem Titel wollt ich eigentlich eine andere Geschichte schreiben, ist aber nicht gelungen)

Ein riesiges Insekt tanzt an der Decke hin und her. Hat Beine so lang wie Hunde, bei unverhältnismäßig, so stecknadelkopfgroßem Körper. Ich weiß nicht, wie dieses Insekt heißt. Mein Sohn würde sicherlich Mücke dazu sagen. Aber mein Sohn sagt auch Tiel-Shirt statt T-Shirt. Kinder, was wissen die schon.

Das Insekt ist anscheinend behindert. Es will augenscheinlich raus, das sieht man deutlich, aber wenn es ma richtich hingucken würde, dann würde es erkennen, da an der Wand und auch an der Decke, da gehts nicht raus. Wenn es wenigstens ma am Fenster probieren würde. Geht zwar auch nich, das könnte man aber noch verstehen, weil es durchsichtig ist. Aber die Wand ist deckweißweiß wie auch die Decke. Das weiß sogar schon mein Sohn, dass man durch deckweißweiße Wände nicht durchkommt, jedenfalls nicht, ohne Gewalt oder Zauberei einzusetzen. Das hat er am eigenen Kopf gespürt. Es geht sowieso nichts über selbstgemachte Erfahrungen. Einmal die Suppe versalzen und es passiert so schnell nicht wieder. Gebrannte Kinder scheuen das Feuer, mein Vater hat mich früher nie in den Keller gelassen, deshalb fahre ich noch heute kein Fahrrad. Ich habe meinem Sohn schon frühzeitig das Sägen beigebracht. Im Prinzip haben wir es zusammen gelernt. Vor zwei Wochen. Ich sollte mit'm Fuchsschwanz einen Bilderrahmen passgerecht sägen, er mit 'ner Laubsäge kleine dürre Kastanienzweigchen vierteln. Wir haben uns beide viel Mühe gegeben. Bei dem Fuchsschwanz stimmte irgendwas nicht, wahrscheinlich kaputt, musste zentimeterdick Klebstoff auf den Rahmen schmieren, damit er überhaupt aneinanderpasst, trotzdem irgendwie schief. Bleibt mir wohl nichts anderes übrig (um nicht kalauerhaft mir nichts Walter Ulbricht zu sagen), als das Bild demnächst dem Rahmen anzupassen. Dafür waren aber die Laubsägearbeiten überaus erfolgreich. Ein satter Haufen dürrer Kastanienzweigviertel türmte sich turmhaft zu turmähnlichen Türmen von dürren Kastanienzweigvierteln. Mein Sohn! Aus dem wird mal was. Der wird mal dereinst schneller Fahrrad fahren als Rudolf, der Lance Armstrong* der Politik, Scharping*. Erziehung, sag ich immer, Erziehung ist das halbe Leben. Wer nicht früh lernt aus dem Bett zu steigen, wird später immer noch drinliegen. Vorbildwirkung spielt dabei die Hauptrolle. Nicht Zwang und Druck, nein, locker und cremig. Ich putz mir die Zähne, er nicht. Er hat trotzdem gute Zähne, ich nicht, aber das liegt sehr wahrscheinlich an den genetischen Anlagen. Man kann nicht immer alles über einen Kamm scheren. Trotzdem ist es besser, sich die Zähne zu putzen. Er weiß das auch hinterher, auch wenn ers nicht zugeben will. Durch die Vorbildwirkung, das geht ganz automatisch. Er ist ja mein Sohn, das hat er von mir.

Riesige Insekten scheinen eine auf gegenseitiger Achtung basierende Erziehung nicht zu kennen. Dabei treten natürlich diese typischen, aber folgerichtigen Verhaltensstörungen auf. Man will es einfach nicht einsehen, dass es durch die Wand nicht durchgeht. Man will nicht! Man will nicht! Da kann einem tausendmal erklärt werden, dass es nicht geht, wirklich! Umsonst die Liebesmüh. Undank ist der Welten Lohn. ›Nein! Nein! Nein!‹ Seh ich da kleine Hörnchen bei dem Insekt wachsen?! Ein Böckchen vielleicht?! Naja, man ist ja nicht die Eltern. Schuster bleib bei deinen Leisten. Andere Leute haben auch schöne Töchter. Ich hab meinen Sohn. Den muss ich erziehen. Da bin ich für verantwortlich. Der muss es mal zu was bringen. Was schert mich ein Insekt? Noch dazu mit ellenlangen Beinen wie Hunde so lang! Das soll mal schön da oben weiter rummachen, bis es schwarz wird. Bin ja nich zum Vergnügen auf die Welt ge-

boren. Bin auch nich schuld, dass da jemand so ein Haus mit dicken deckweißweißen Wänden um das Insekt herum gebaut hat.
So, jetzt isses auch noch ins Spinnennetz reingeflogen. Kreuzspinne und Kreuzschnabel. Jetzt isses aus. Dabei wollt ich es grade rauslassen. Grade wollt ich das Fenster aufmachen. Da sieht man mal wieder, dass es nichts einbringt, sich in anderer Leute Dinge einzumischen. Hat man ja im Kosovo auch gesehn.

Chronik der letzten Sonnenfinsternis dieses Jahrhunderts

5.58 Uhr. Bin aufgewacht. War da nich so'n Grummeln? Nee, doch nich. Noch ne halbe Stunde, bis ich raus muss. Schlafe erstmal wieder ein.

7.12 Uhr. Ach du Scheiße, verschlafen. Quatsch, bin ja krank geschrieben. Erinner mich an das Grummeln von vorhin. Hoffentlich geht die Welt nich unter. Hab grad so ne schöne Geschichte im Kopf. Wär doch schade drum. Schlafe wieder ein.

10.36 Uhr. Scheiß Motte flattert dauernd um meinen Kopf. Muss ich demnächst mal tothauen. Aber die Welt scheint wenigstens noch da zu sein. War da nich jetzt so'n Grummeln? Nee, doch nich. Na ja, is ja noch nich halb zwölf. Draußen is eine Tomatenpflanze umgefallen. Geht also schon los. Tja, kann man nichts machen. Ich koch mir erstmal 'n Kaffee.

11.13 Uhr. Kaffee schmeckt nich. Muss außerdem auf's Klo. Hunger hab ich auch. Könnte mal gucken, was im Fernsehen kommt. Ach, doch nich. War da nich so'n Grummeln?

11.23 Uhr. Auf 'm Klo war das Klopapier alle. Hab zum Glück noch Zellstofftaschentücher mitgehabt. Wenn da ma nich jetzt alles verstopft. Na ja, wenn die Welt untergeht, kriegt's eh keiner mit und wenn nich, isses eben nich so schlimm, als wenn die Welt untergegangen wär.

11.24 Uhr. Die Katze auf 'm Hof guckt so komisch. Jage ihr einen Schrecken ein, indem ich so tue, als wäre ich die Sonnenfinsternis. Dabei verrenk ich mir fast den Arm. Das Grummeln könnte auch mein Magen sein.

11.25 Uhr. Seit einer Minute soll nun also die Welt untergehn. Ziemlich unauffällig so ein Weltuntergang. Obwohl! Is schon irgendwie dämmrig geworden. Und haste nich gesehen, sofort schläft die Tapete an der Wand ein, der Teppich rollt sich zusammen und die Sessel schließen ihre Äuglein. Der Papierkorb is auch schon ganz komisch. Die Natur spielt verrückt. Wahnsinn! Lege eine Platte von Vera Bila auf. Schöne Musik. Mischung aus Beatles und den Liedern in Kustorica-Filmen. Draußen stehen ein paar Leute rum und gucken durch so 'ne Frösi-Brillen gen Himmel. Scheint aber auch langweilig zu sein. »Nehmt doch mal die Brillen ab, dann wird's bisschen spannender«, rufe ich ihnen herunter. Sie zeigen mir einen Vogel. Aufgeklärte, moderne Menschen eben.

12.02 Uhr. Die Welt ist nicht untergegangen. Zumindestens ist in meiner Umgebung lediglich eine Tomatenpflanze umgekippt und das auch schon viel früher. Aber vielleicht is ja woanders die Welt untergegangen? In Rumänien vielleicht. Oder in Stuttgart? Ma im Fernsehen gucken. Kein Bericht über Rumänien. Dafür aber Stuttgart. In Stuttgart regnets. Alle sind wahnsinnig beeindruckt. Es sei dunkel geworden. Ja, stimmt, das finde ich auch immer total beeindruckend, wenn es so langsam dunkel wird. Beneide ein bisschen die Stuttgarter, die da im Regen stehn. Und besonders natürlich die Berliner, die extra dafür nach Stuttgart runtergefahren sind. Das Grummeln im Magen wird stärker. Aber is kein Brot nich da.

13.53 Uhr. Schon komisch. Kein Bericht über Rumänien. Und in Indien haben sie gestern ein pakistanisches Aufklärungsflugzeug abgeschossen. Da hat ja die Elisabeth Tessier* doch nicht ganz Unrecht gehabt. Immerhin sterben ja auch die Korallenriffe. Und mir ist auch schon ganz schlecht, nachdem ich zwei Büchsen weißer Bohnen in Tomatensoße gegessen habe. Na ja, besser als Weltuntergang.

Jetzt haben wir erstmal Ruhe vor Sofi, um mal den Slangausdruck zu verwenden. Nächste is in 1 1/2 Jahren in Angola. Da is ja bei uns Winter. Da kann wenigstens keine Tomatenpflanze umfallen.

Wie alles begann (The Actionstory)

Eines Tages fiel einmal ein Schatten auf die Erde, und in diesem Schatten erblickte eine jungfräuliche Blume das Licht der Welt. Sie war zum ersten Mal aus dem Boden gekrochen und schämte sich ein bisschen ihrer Tränen, die sie weinte, aus irgendeinem Grund. Sie weinte und weinte. Um sie herum war alles schon Sumpf, und in diesem Sumpf da gab es natürlich auch Sumpfmonster. Eines dieser Sumpfmonster war sensibler als die anderen. Es schlabberte auf die Blume zu und fragte, was denn los sei. Die Blume jedoch schwieg. Sie konnte nicht reden, sie war nur eine Pflanze, sie hatte es nicht gelernt, sie konnte nur weinen, sie weinte und weinte. Bald erhoben sich riesige Ozeane. Die Sumpfmonster soffen alle jämmerlich ab. Die konnten nur im Sumpf leben, nicht im Ozean. Die konnten auch gar nicht schwimmen, nur ein bisschen planschen. Die waren einfach so tot, von heute auf morgen völlig ausgestorben. Bald war die Welt ohne Sumpfmonster entsetzlich leer. Zum Fürchten. Das konnte nicht sein. Deshalb geschah es, dass plötzlich ein Fisch da war, und zwar nicht nur einer, nein, ein ganzer Fischschwarm schwamm herum um die Blume, die immer noch weinte, aber nich mehr so viel. Sie hatte vom vielen Weinen Husten bekommen und auch die Schnauze voll. Sie wollte weg von hier. Die Fische quatschten einen Schrott zusammen. Schlimmer konnte es in der Hölle auch nicht sein. Da kam auf einmal ein Teufel zur Tür herein und fragte, ob jemand in die Hölle wolle. Die Blume antwortete nicht, aber der Teufel riss sie trotzdem heraus. Er hatte ein gutes Gefühl dabei. Die wollte bestimmt, sonst hätte sie ja nicht soviel geweint. Die armen Sumpfmonster. Der Teufel hatte die Sumpfmonster sehr gerne gehabt. Er war sauer auf die Blume. Er knickte sie sechsmal und knüllte die Narzisse oder was das war hinten in seine Jeans rein. Auf einmal war er in New York. Ein Atomkraftwerk ist explodiert in der Nähe von New York. Die Menschen machen Hamsterkäufe. Sie denken, dass bald wegen dem Super-GAU alles noch viel teurer wird. Da haben sie wahrscheinlich auch recht. Sumpfmonster gibt es auch wieder. Na bitte! Allerdings weiß keiner was von ihnen. Sie leben versteckt im Untergrund unter der USA drunter. Sie wollen bald mal wieder hochkommen und die Macht übernehmen und so weiter. Doch das kann dauern. Die Welt is ja auch nich an einem Tag rund gemacht worden. Der Teufel kauft sich Fischstäbchen. Die will er heut machen mit Kartoffelbrei. Er hat die Blume bereits ganz vergessen. Er schmeißt die Jeans weg aus dem Fenster, als er bei sich zuhause im Wolkenkratzer oben angekommen ist. Dazu pfeift er lustige Melodien. ›Girl from Ipanema‹ und ›Drei Chinesen mit 'm Kontrabass‹. Die Leute bleiben unten auf der Straße stehen und gucken hinauf. Jemandem klatscht die Jeans voll ins Gesicht. Es ist Mike Tyson. »Das gibts doch nicht. Der bekannte Boxer?« »Jawohl, ganz richtig, der berühmte Mike Tyson, der mit dem Ohr. Aber in der Geschichte ist er nur ein alter Tattergreis, dem eine Jeans ins Gesicht fällt.« Er ist sofort tot. Die Stadt begräbt ihn, weil er ganz arm ist. Sie haben ihm auch die Jeans vom Teufel angezogen, denn seine eigene war total vollgeschissen. Am Grab stehen hunderttausende Fans. Alle haben sie zum Zeichen ihrer Trauer ein Stück von ihrem Ohr abgerissen. Da kommen auf einmal von hinten die Sumpfmonster. Jetzt ist es soweit. Sie schlagen zu, ausgerechnet bei dem Begräbnis von Mike Tyson. Alles wird zu Brei gematscht. Der Priester ist Alkoholiker. Er denkt, die Monster gibt es gar nicht. Deswegen macht er einfach so weiter. Die andern sind auch alle Alkoholiker. Es ist nicht zu fassen. Was ist nur aus der Menschheit geworden. Jetzt ist es zu spät. Wieder mal gibt es nur noch Sumpfmonster. Doch hinten in der Hosentasche vom verwesten Tyson, Mike, da hat die Blume doch tatsächlich bereits kleine Samenbeutelchen entwickelt. Und wenn man mit dem Mikroskop ganz dicht rangehen würde, dann könnte man erkennen, dass unter der Schale eines jeden Samenkorns die

Als die Sterne hörten, daß sie angeblich niemals lügen, mußten sie doch unwillkürlich etwas schmunzeln.

kleinen Blumenembryos, die da so zusammengekrümmt an der Nabelschnur rumhängen, dass diese kleinen Narzissenembryos winzige Tränchen weinen. Alles beginnt von vorne. Der Teufel ist auch wieder mit von der Partie.

Wie uns das System mal wieder übel mitspielte

Neulich hatte mein Sohn mal ein Problem. Er ist mit seinem Fahrrad, einem echten Batman-Fahrrad, das früher einmal ein echtes Sissi-Fahrrad gewesen ist, weil es einem Mädchen gehörte, na jedenfalls ist er mit diesem Superheldenfahrrad den ganzen Nachmittag im Park mittenmang durch die Glasscherben und Nägel und so gefahren und staunte dann nicht schlecht, dass dieses Spacezweirad vorne einen Platten hatte. Er war gar übel gelaunt darüber und machte, ganz mein Sohn, die Gesellschaft dafür verantwortlich. Da hatte er wahrscheinlich nicht mal Unrecht, schließlich bezahlen wir ja alle Steuern und nich zu knapp und trotzdem macht die Regierung die Glasscherben einfach nicht weg. Da muss sie sich nicht wundern, wenn am 1. Mai wieder ganze Stadtteile in Flammen aufgehen: Wer Wind sät, wird Sturm ernten. Als Kommunist hätte ich ja froh sein müssen über diesen Platten, der ja ein stückweit eine revolutionäre Situation heranreifen lässt, aber ich war leider kein Kommunist. So streichelte ich dem kleinen Racker nur liebevoll den Kopf, zog ihm ein wenig die Ohrläppchen lang und versprach, alles wieder heile zu machen. Gesagt, getan! Nicht umsonst nennt man mich im Kreis der engsten Bekannten und Verwandten, hinter vorgehaltener Hand flüsternd, ›Technik-Ahne‹. Ich kann ohne zu sterben Glühbirnen reinschrauben und präzise Radios und Fernseher einschalten. Hab sogar schon mal Krümel aus einem Toaster entfernt und kann perfekt mit Reißzwecken und Klebeband umgehen. Auch das Montieren von Steckern in Steckdosen gleitet mir leicht von der Hand. Da sollte so ein platter Reifen keine unlösbare Aufgabe darstellen. Na, kommt Zeit kommt Rat! Jetzt wars ja erstmal dunkel und im Dunkeln is zwar gut munkeln, aber schlecht Fahrrad repariern. »Da kannst du ruhig heulen, mein Zwerg, aber so is das nun mal, Strafe muss sein. Morgen is laufen angesagt!« Ab und zu versuchte ich nämlich, ihn zu erziehen. Ich wollte mal später eine Autoritätsperson werden. Andere sagen abfällig wertkonservativ dazu, ich nenn es einen Hauch von Nostalgie. Mein Sohn wird dafür später mal studieren und Wirtschaftsingenieur werden, während die antiautoritäre Bagage verzweifelt am Kottbusser Tor vor sich hinvegetiert und vehement weinerlich das Recht auf kostenlose Einwegspritzen einfordert. Aber das kann der Wurm natürlich derzeit noch nicht verstehen, er versteht nur das Heute, das Morgen sieht er nich und dafür gehts erstmal ohne Abendbrot ab ins Bett.

So, ein Tag später. Jetzt frisch ans Werk. Hammer, Zange, Lötkolben, alles da! Wie krieg ich den Reifen runter von dem doofen Rad? Vielleicht isses ja auch so'n Einweg-Modell, das man gar nicht reparieren kann? ›Bevor man etwas falsch macht, auf jedenfall den Fachmann befragen.‹ Oder mit dem Schraubenzieher darein und hebeln. Aha, geht nich. Scheint doch ein Einweg-Fahrrad zu sein. Zum Glück ist der Schraubenzieher ganz geblieben. Ich dann also los zum Fahrradladen im Weinbergsweg. Da wo immer die Verrückten vor rumlungern, die sämtliche Bürgersteige mit ihren Höllenmaschinen terrorisieren. Einmal neuer Schlauch raufziehen kostet 20 Mark, na gut, wozu arbeitet man denn so hart. Und die Branche freut sich sicher über ein wenig Konjunkturbelebung. Auf die Frage aber, wie lange das denn dauern würde, weist der Schuhverkäufer entnervt nach hinten und meint »Alles voll, kein Platz mehr, also können Sie doch aber wirklich auch selber. Hier 'n

Schlauch. Kostenpunkt 10 Mark. Und dann einfach neu raufziehen.« »Ja klar, ja, warum eigentlich nich. Nee, klar hab ich das schon mal gemacht. Bin ja kein Baby mehr, dachte nur, wegen der Flaute in der Reparaturindustrie und so, aber sicher, is ja auch idiotisch, nee klar, mach ich selbst.« Ach du scheiße, wie der geguckt hat. Hoffentlich hat er mich nich erkannt. In den Laden geh ich nie wieder. Der wird sich noch wundern. Wundern wird der sich.
So, jetzt steh ich hier mit 'm Schlauch und mit 'm kaputten Fahrrad. Könnte eigentlich 'ne Anzeige in die ›Zweite Hand‹ setzen: »Tausche Schlauch (neuwertig) und gebrauchtes Fahrrad mit Platten gegen gebrauchtes Fahrrad ohne Platten, in Klammern kinderfreundlich. Bis zu 20 Mark Wertausgleich.« Zu kompliziert. Versteht bestimmt keiner. Außerdem rufen dann wieder im Sekundentakt haufenweise Durchgedrehte an wie bei unserer Wohnungsannonce. Bin dann doch erstmal nach Hause. Hab mich hingesetzt und 'n Kaffee getrunken und überlegt und gedacht, dass der Lümmel ja jetzt auch schon fünf ist und wie schnell die Zeit vergeht und dass der ja dann auch schon bald 16 is und sich dann sowieso 'n Moped kauft und dann wär ja diese ganze Action voll umsonst gewesen und außerdem soll er nich immer drauf gucken was die andern haben, den Kindern in Afrika gehts noch viel schlechter und die würden sich nämlich freuen, wenn sie überhaupt 'n kaputtes Fahrrad zum Angucken hätten und daran solle er mal denken und außerdem hat Papa auch Wichtigeres zu tun als tagein, tagaus Fahrräder zu reparieren. Genau!
Das werd ich ihm heute sagen oder ich versuchs einfach nochmal mit aufpumpen. Kann ja sein, das Loch is von alleine zugegangen. Wunder gibts ja immer wieder. Nur die Hoffnung nich aufgeben.

Aschenbrödel neu gemacht

Es waren einmal ein paar Leute, die gingen auf einen Ball. So einen richtigen Ball zum Tanzen. Da war es schön warm, es gab Apfelkorn in großen Gläsern und das Licht funktionierte auch. Die Leute tanzten, bis ihre Schuhsohlen völlig weg waren. Dann fuhren sie nach Hause. Sie gingen schlafen und träumten was Schönes.
Die Moral von diesem Märchen ist: Lasst niemals zu, dass unsere Erde, die immer wie eine treusorgende Mutter zu uns war, von den Mächtigen, vor allem dem großindustriellen Monopolkomplex, ausgebeutet wird und unseren Kindern nur noch ein vernarbtes, ausgetrocknetes, vor Trauer verzerrtes Gesicht zeigt. Wir müssen alles daran setzen, den Regenwald zu erhalten, Ölkatastrophen zu verhindern und den Frieden zu bewahren (Stichwort Bosnien). Denn was wir heute säen, werden wir morgen essen. Lasst uns den Herrschenden in die Suppe spucken. Eile mit Weile. Was lange währt, wird letztlich gut. Kleinvieh macht auch Mist. Dankeschön!

Auf dem Weg nach unten (VI)

Müde. Ich bin so müde. Ich brauch 'n Kaffee. Aber es gibt keinen. So schrecklich müde. Müde mit drei Üs. Voll tranig müde. Passiert gar nichts. Brauch 'n Kaffee. Gibt gar keinen. Hab ich, glaub ich, schon mal erzählt. ›Was 'n jetzt los? Arbeit? Jetzt? Is doch schon halb zwei. Aha! Ich hab Arbeitszeit bis halb vier. Ach so. Ach, wir haben keinen Sozialismus mehr. Ach so. Ja, ich hab verstanden. Nö, ich mach trotzdem jetz nichts mehr. Nö, geht nich. Maschine is kaputt. Ja, geht nich mehr richtig. Nö, nichts Schlimmes. Nur so was mit dem Motor und auch 'n bisschen das Rakelmesser. Ja, das geht auch nich mehr so gut. Ja, Abnutzungserscheinung, wahrscheinlich, ja. Muss vielleicht bloß mal 'n bisschen stehen. Is ja auch nich mehr die Jüngste. Nee, ich will Sie nich verarschen. Nee, wirklich nicht. Ja, ich weiß, dass wir keinen Sozialismus mehr haben. Ja, ich weiß, dass wir das alles so gewollt haben. Sicher muss man ranklotzen. Aber schauen Sie mal, Sie wolln doch bestimmt auch nich, dass hier gleich die ganze Halle in die Luft fliegt, oder? Nee, nich direkt. Nee, ich weiß es auch nicht so genau. Na, hört sich eben komisch an. Sieht auch, jetzt mal im Ernst, bisschen komisch aus. Ja, ich denke, 'n bisschen stehen reicht vollkommen. Nein, ich denke einen Monteur braucht man nicht unbedingt. Alles klar. Ja, ich werde mich schon mal innerlich mit dem nächsten Auftrag beschäftigen. Aber sicher. Na klar, Chef. Logisch. Ab morgen wieder voll ranklotzen. Is ja nich mehr Sozialismus, nich wahr, Chef. Ja, eben, haben wir ja alle so gewollt. Nee, Chef, da oben kann ich leider nicht mithelfen. Ja, eine kleine Allergie, Sie wissen. Ja, so was Ekliges mit Blasen und dicken vereiterten Dingern. Ja, auf der Haut. Außen und innen. Ja, geht leider nicht. Ja, ich beschäftige

Die Sonne mit dem Hitlerbärtchen fand es gar nich so toll, daß ausgerechnet ein Neger bei den Würfelweltmeisterschaften in Fulda den Weltrekord auf 9 geschraubt hatte.

mich schon mal intensiv mit dem nächsten Auftrag. Alles klar. Schönen Feierabend, Chef.‹
Na endlich isser weg. Chef, das ich nicht lache.
Die Pest wünsch ich dir, du Arsch. Kann einem schon auf den Sack gehen. Nich mal fünf Minuten Ruhe hat man. Na gut, ich hol mir schnell noch einen runter und dann leg ich mich wieder hinter die Lappenkiste. Mal sehn was mir morgen so einfällt.

Wenn es Nacht wird in San Francisco (mit einem geklauten Schluss von Horst Evers*)

Die Straßen von San Francisco sind immer noch nicht richtig abgekühlt. Die Uhr schlägt elf. Es ist Nacht in Kalifornien.
Stellen wir uns nun einmal vor, wir wären genau in so einer Straße, hätten einen breitkrempigen Hut auf und besäßen eine Schußwaffe, die, vor neugierigen Blicken geschützt, unter der Bluejeans-Weste lauert. Stellen wir uns weiter vor, rund dreihundert Meter westlich, in Laufrichtung also, wartet ein Trupp übler Gesellen. Allesamt Speichellecker des Big Boss, ungepflegt, picklig, aber ungemein böse. Diese Burschen wollen dir ans Leder. Sie wollen Stoff und Geld und sie wollen deine Frau. Deine hübsche, kleine Frau, die daheim nichtsahnend in eurem Bettchen liegt und ein wenig an dich denkt. An dich und an die vielen süßen Kinderlein, die ihr bald haben würdet.
Einer von den Banditen heißt Juan Carlos, wie der König von Spanien, aber er stinkt wie ein Topf toter Würmer. Er fährt mit seinem blitzenden, im Scheinwerferlicht der Laterne blitzenden, Messer die Rillen auf seiner fleischigen Zunge entlang. Auf und ab. Das Blut strömt. Aber er ist es gewohnt. Er hat schon viel Blut fließen sehen in seinem

Dasein, über das er nicht gerne spricht. Das tut keiner der Rüpel, die da warten an der 30. Straße im Schutze der mittlerweile Dunkelheit. Jemand hat die Laterne ausgeschmissen. Wegen Tarnung. Keinen Menschen treibt das Klirren an die Fensterscheiben. Hier ist jeder besser dran, der einen tiefen Schlaf hat.
Major G, den alle nur Major G nennen, steckt sich eine Crack-Zigarette an. Er war wohl mal irgendwann bei der Army, das muss vor dem Brandunfall gewesen sein, der ihm die makellose Gesichtshaut nahm. Woher seine Verbitterung stammte, wußte niemand hier. Hier wußte niemand irgendwas. Du bist jetzt noch ungefähr 100 Meter von der Ecke 30. Straße entfernt. Angestrengt beobachtest du die schemenhaften Umrisse der vor sich hin kauernden Penner, die den Straßenrand bevölkern. Von denen kann dir keiner gefährlich werden. Eine Ratte huscht im fahlen Mondlicht von links nach rechts über die Straße. Du könntest sie abknallen, locker. Aber es gibt einfach zu viele. Es ist eine Plage. Du bist ein wenig in Gedanken versunken.
Du kannst nicht hören, wie Chinesen-Johnny an der Ecke 30. Straße einen saftigen Furz lässt. Er hatte seine Arschbacken so zusammengedrückt, dass nur ein Zischen den Körper verlassen konnte. Trotzdem ist er sofort tot. Mit einer Drahtschlinge erwürgt. Mr. Death löste das Problem auf seine Weise, schnell und lautlos. Hier darf man eben keine Fehler machen. Und der penetrante Gestank hätte sie verraten können. Ihr Glück, dass der Wind strictly von Osten wehte und so den Bewohnern der anderen Flußseite den Atem nahm.
Während die Schurken versuchen, sich mittels Nasezuhalten über die schweren nächsten Sekunden zu retten, bleiben dir nur noch wenige Schritte bis zu der Ecke, an der sich dein Schicksal entscheiden soll.
Du hast Hunger, das spürst du jetzt deutlich. Genau, du könntest jetzt in so ein leckeres T-Bone-Steak beißen, wie sie

Jimmy immer machte. Jimmy, der alte Knabe. Beide Arme hatten sie ihm weggeschossen im Winter '81, doch er schmiss den Saloon immer noch alleine. Und auch die Bullen hatte er nicht geholt. Er wollte kein Mitleid, der Teufelskerl. Aber das brauchte er auch nicht. Seine T-Bone-Steaks, die … Plötzlich bemerkst du, dass dir seit einiger Zeit ein Flüssigkeitsfaden aus dem Mundwinkel läuft. Mit einer kurzen ruckartigen Kopfbewegung schüttelst du ihn in den Wind und lächelst. Wenn das deine süße, kleine Frau gesehen hätte. Die war so süß und so klein. Gott, war die süß. Mit ihr konnte man so herrlich knuddeln.
Keine 12 Meter weiter bereitet sich das Teufelsbrutkommando auf den geplanten Überfall vor. Die Pistolen werden nochmal gereinigt, die Messer geölt und das Ein-Mann-Torpedo in Stellung gebracht. Jeder hofft drauf, dass man es letztendlich nicht einsetzen muss. Es macht höllischen Lärm, und wenn jemand Lärm hasste, dann war es Juan Carlos, und Major G erstmal, Mr. Death sowieso.
Der Major tastet sich jetzt vor zur Hauskante. Dich trennen nur noch Sekunden. Das Schicksal kann seinen Lauf nehmen. Du denkst noch mal an deine Frau. Wie süß die ist und klein. Eigentlich hatte sie ja recht, warum nicht jetzt anfangen mit dem Kindermachen. Plötzlich ertönt ein Pfiff. Endet hier.

Traurigkeit

Es gibt so viele Sachen auf der Welt, da wird man traurig von. Wenn man sieht, wie eine alte Frau mit krummem Rücken in der Mülltonne wühlt, auf der Suche nach was Brauchbarem zum Essen oder so zum Beispiel. Oder Kinder, die keinen Schlitten haben und es liegt doch der herrlichste Schnee aufm Boden. Oder Alkoholiker, die zittern und unsicher in der Gegend rumgucken. Da werd ich traurig.

Das mit der Traurigkeit ist schon so ne Sache. Is ja nich gerade cool, traurig zu sein. Das fetzt irgendwie nich so ein. Mit traurigen Leuten veranstaltet man ungerne ausgelassene Partys. Sie kommen selten im Fernsehen. Und ich glaube, für Traurigkeit hat noch nie jemand 'n Orden verliehen bekommen. Heulen kann manchmal schon cool sein. Das sieht man öfters bei Talkshows, dass jemand heult. Ist besonders toll, wenn es plötzlich und völlig unvorhergesehen auftritt. Das sollte dann aber schon ne Frau sein und die sollte dann aber auf jeden Fall auch noch hübsch und möglichst jung sein. Dann finden das schon einige echt cool.
Aber Traurigkeit ohne Heulen. Einfach so traurig. Nich wegen nem Todesfall, nee, einfach nur so. Nö, sagen da die meisten, das is nich cool, das soll der mal lieber auf dem Offenen Kanal oder bei TM3 oder so machen, wo eh keiner zusieht!
Und deswegen gehen die traurigen Leute auch gar nicht erst so richtig an die Öffentlichkeit. Sie schließen sich lieber zu Hause ein, denken noch mal kurz an die krumme Oma, schmieren sich vielleicht ein Butterbrot ohne Wurst und essen das dann irgendwo unter der Bettdecke ganz heimlich. Da sieht das dann keiner, und die Krümel, die streicht man dann hinterher mit dem Handrücken so wieder raus, nach dem Essen, wenn man schon nich mehr ganz so traurig ist. Damit auch alles wieder sauber ist und die Krümel nich so pieksen beim Schlafen im Rücken. Oder im Bauch. Es gibt auch welche, die schlafen nur auf der Seite, oder nur auf dem Rücken. Ich schlaf immer mal so, mal so. Meistens mit Umdrehen zwischendurch. Damit nich eine Seite irgendwie platt wird. Das hat sicherlich auch was mit Dicke zu tun. Wenn man zum Beispiel dick ist, dann isses ja eigentlich auch egal, ob eine Seite nach dem Aufstehen platt ist. Das fällt bei richtig Dicken nich so auf. Da haben's die aber ziemlich gut.
Bei mir zum Beispiel, wenn da früh eine Seite platt ist vom

Schlafen und ich gehe gerade zufälligerweise früh ins Kino oder, egal, zur Kaufhalle oder so, da sagen sofort welche Leute: »Guck mal, der Dünne da, der is ja ganz platt auf der einen Seite. Kann der sich denn nich mal im Schlaf umdrehen vielleicht. Der ist bestimmt behindert.« Und dann kann es passieren, dass sie davon ganz traurig werden, weil es ja auch nicht so schön ist, wenn man sieht, dass 'n paar Leute irgendwas nich können, was man selbst kann, nur weil die behindert sind, und die Gesellschaft ist im Prinzip machtlos, ja, es gibt seit der doofen DDR noch nich mal mehr als Alternative Sozialismus.
Da kann es schon passieren nämlich, die gehen dann nach Hause und, kenn wa schon, Butterbrote schmieren und so weiter. So einfach geht das, wahrscheinlich viel zu einfach, als dass da mal jemand drüber spricht, außer ich oder manche aus Finnland.

Ein ethisches Problem

Die Uhr steht auf halb zehn. Seit einer halben Stunde beobachte ich sie, wie sie auf halb zehn steht. Is wahrscheinlich kaputt oder Batterien alle. Doofe Uhr. Werd ich wohl wegwerfen müssen. Kann ja keiner mit ansehen, wie die immer auf halb zehn steht und der Sekundenzeiger krampfhaft versucht, vorwärts zu kommen, schafft er aber nicht. Armer Sekundenzeiger. Er ist der einzige, der sich wenigstens bemüht. Die andern beiden tun noch nich mal so als ob. Die hätt man bei der Uhr auch gleich weglassen können. Die sind total nutzlos. Dann hätts der kleine auch leichter wahrscheinlich und die Batterien würden viel länger halten.
So, ab in die Mülltonne mit dir. Krach. Jetzt isser weg. In der Mülltonne. Schade eigentlich. Ich kann ja noch 'n Zettel an die Tonne kleben: »Gut erhaltener Wecker zu ver-

schenken. Fehlt wahrscheinlich nur Batterie. Is hier drinne.« Mach ich aber nich. Bin ja nich blöde. Holt ja eh keiner raus. Die gehen doch lieber ins Kino oder in die Oper und später betrinken sie sich wahrscheinlich noch und kotzen den ganzen Weg bis nach Hause voll, sogar zum Schluß auf die Türklinke. Aber denselben Leuten isses zu eklich inner Mülltonne zu wühlen, um hernach einen guterhaltenen Wecker ihr Eigen nennen zu dürfen, bei dem wahrscheinlich nur 'ne Batterie fehlt. Traurig gehe ich zu einem der umliegenden Imbisse und trinke eine Flasche Wodka. Den billigsten. Der wo nich mal 'n Etikett drauf is.
Der Döner-Fritze lächelt leicht säuerlich. Er denkt wahrscheinlich, dass ich ein Penner bin und ihm nachher noch womöglich den schönen Imbisswagen mit einer Ladung von nicht ganz verdauten Verdauungsprodukten beschmutzen werde. Er kann ja nicht ahnen, dass ich grade praktisch einen Mord begangen habe, wie damals dieser eine Russe mit diesem Hintze*. Weggeworfen und erstickt irgendwann, weil ihn keiner rausgeholt hat. Wer sagt denn, dass mein kleiner roter Wecker nich genau so viel wert ist wie dieser ehemalige Soldat Hintze. Wo fängt denn ein Mensch an und wo hört ein Mensch wieder auf? Darf man Gegenstände einfach so umbringen, bloß weil man denkt: »Ach, die fühlen doch nichts, das sind doch nur dumme Gegenstände!« Wie sollen wir das unseren Kindern oder Kindeskindern von unseren Kindern später mal erklären! Und, werden sie uns abnehmen, dass wir von nichts gewusst haben? Nich mal ein klitzekleines bisschen geahnt? Dass wir nie darüber nachgedacht haben. Gar nicht niemals.
Nach ungefähr einer dreiviertel Flasche des ziemlich leckeren Wodkas hab ich dann doch noch den Imbisswagen etwas beschmutzt, wie auch den Weg nach Hause und die arme Mülltonne, in der ich schließlich so lange rumwühlte, bis ich ihn endlich wieder hatte. Mein kleines, süßes, rotes Ding.

Zwar lief das rote Ding, auch nachdem ich ihm eine neue Batterie installiert hatte, immer noch nicht, trotzdem steht er seitdem stur und starr auf dem Schreibtisch herum und nervt mit seinem ewigen auf halb zehn Stehengebleibe. Aber so is nun mal die Welt. Es kann nich immer alles nur lustig sein.

Obwohl der einmal ‚Arsch' zu ihm gesagt hatte, winkte das lustige Dreieck dem geflügelten Gustav zum Abschied noch lange hinterher.

Morgens, Politik

Morgens in der U-Bahn. Ich guck wieder mal schräg unter meinen schweren Augenlidern hindurch. Boh, wo war ich gestern? Was hamm wir heute? Warum gucken die mich alle so an? Bleibt auf'm Teppich, Leute, ihr wart doch schließlich auch mal jung. Naja, 27 immer noch, auch wenn's nicht so aussieht. Du, ja, du da drüben! Na, glücklich? Gehste gern nach Hause? Und jetzt knuffen? Nee, Sozi*! Na, is ja auch egal. Mir geht's jedenfalls nich gut. Seht ihr ja! Ja, ich habe getrunken. Ja, ich habe vielleicht auch mehr getrunken als gut ist im Allgemeinen. Aber ges-

tern war nicht allgemein. Gestern ist mir bewusst geworden, dass ich mein Leben nur vergeude. Ich lebe so vor mich hin, versteht ihr. Mein Abitur, naja, ich lern jetzt schon seit über zwei Jahren an der SFE*. SFE, das is ne Schule. Selbstbestimmt, wenn ihr versteht, was ich meine. Jaja, Mehringhof. Gneisenau, Ecke Mehringdamm, wo der Maoistenimbiss is. Sechs Mark und voll lecker. Jeden Tag anderes Essen, und Bier gibts auch. Karlsquell, Büchse eins zwanzig. Das zum Thema Abitur.
Zukunft hab ich! Die Zukunft kommt schneller, als du denkst, Mann. Siehste doch. Ich glaub, ich hab Durst.
Was steht da? *5-jähriger im Blutrausch – 5-jähriger Obdachloser erschoss 20-köpfige Familie.* Was? *Als die Polizei ihn fragte, warum, sagte er: »Ich musste pullern.«*
Gut, gut, es gibt schon Gründe, wütend zu werden, aber irgendwie habe ich den Eindruck, dass wir auf dem Planeten hier 'ne Menge Mist gebaut haben.
Karin hat übrigens wunderschöne Augen.

Politik hat in meinem Leben schon immer eine große Rolle gespielt. Seit jeher verehre ich Frauen und Männer, die unter enormen Anstrengungen versuchen, unsere Republik nach vorne zu bringen. Oft werden sie verspottet und geschmäht. Man gibt in sogenannten Witzzeichnungen ihre Proportionen entstellt wieder.
Die Leute lachen dann. Zumindest die Leute, die das witzig oder gut finden.
Dabei ist es doch gar nicht so interessant, wie zum Beispiel Claudia Nolte* aussieht. Wichtig ist doch, was denkt sie, welche Programme tüftelt sie gerade wieder aus, und kann sie uns damit überzeugen? Es darf bezweifelt werden, ob diese Witzzeichner schon mal an sowas gedacht haben oder auch schon mal ein Programm ausgetüftelt haben. Aber bestimmt kriegen sie für ihre Kritzeleien total viel Schmott. Dann kaufen sie sich ein Auto, machen die schöne

Umwelt total zur Sau und wählen am Schluss sogar noch Claudia Nolte als Präsident. Weil sie auch keinen Besseren wissen und ja überhaupt noch nicht mal ein Programm selber ausgetüftelt haben.
Ich glaube, Politiker sind intelligent und bestimmt nicht hässlicher als du und ich. Viele haben Abitur und sind vorher zehn Jahre oder noch mehr zur Schule gegangen. Da haben sie fleißig gelernt, denn sie wussten, dass sie das mal später gut gebrauchen können, wenn sie die Republik im Ausland vertreten werden. Ich kann kein Englisch und kein Spanisch, deshalb bin ich nicht gut geeignet als Politiker.

Papa ist doof

Gähn. Was ist los? Wie spät ham wirs eigentlich? Aua, mein Kopf. Ich krieg ja gar keine Luft mehr durch die Nase. Was war gestern? Warte mal. Erst die Stullenhäppchen mit Kräuterkäse. Eklich, hab ich wieder ausgespuckt. Dann gebadet. Das kleine Nilpferd ist immer untergegangen. Großer Spaß. Dann schon ins Bett.
Genau, ich hatte keine Lust ins Bett zu gehen. Doofe Scheiße. Jetzt tut mein Kopf weh. Bestimmt wegen gestern. Na egal, dann krieg ich eben auch noch Fieber. Am besten mal schreien, dann wird der Alte wach. Wann kommt der denn mal, schreien strengt ganz schön an. Na endlich. Guck nich so, Mann, ich bin krank, ganz krank, du musst dich um mich kümmern. Kümmern. Nein, ich will keinen Tee, Tee ist doof! Dass der aber auch nie versteht, was man sagt. Bäh, spuck ich wieder aus. Guck nich so, ich hab doch gesagt, dass ich keinen Tee will.
So, na endlich fasst der mir an die Stirn. Na, heiß, was? Ja, mach dir ruhig Sorgen. Gestern durfte ich auch keine Kekse mehr essen. Gestern, das macht mich ganz traurig. Muss

ich gleich wieder anfangen zu weinen. Huh, huh. Keiner liebt mich. Ich will nicht gewickelt werden, gib mir lieber Kekse. Was steckt der mir denn da in den Arsch? Hey, das ist ja kalt. Du spinnst wohl! Wenn du das nicht sofort wieder rausziehst, krieg ich über 40 Fieber. Dann sterb ich und du bist schuld. Na endlich. Haste noch mal Glück gehabt. Ey, mach mal dein Gesicht wieder glatt, ich will doch keinen Opa als Papa. Was solln die in der Schule denn später mal sagen. Na egal, muss ich wohl durch. So, jetzt will ich aber Kekse, ich bin krank. Endlich, das ist der Weg zur Küche, den kenn ich. Ah, da ist die Keksdose. Hey! Halt! Der hat sie wohl nicht mehr alle? Nein, ich will keine Milch, nein, auch keine Stulle. Ich spuck alles aus und schmiers in die Rillen zwischen den Dielen, da kriegst du's nicht mehr raus, ätsch. Und jetzt schrei ich so lange, bis alle wach sind. Sollst mal sehen, ich kann lauter schreien als die aus dem Proberaum. Nö, da hilft auch kein auf den Arm nehmen. Ich bin nämlich heute krank. Was, in den Schneeanzug soll ich? Scheiße, ich bin doch nicht in den Alpen! Aha, jetzt solls wohl rausgehen bei dem Wetter. –5 Grad Celsius haben 'se im Radio angesagt, haste wohl nicht zugehört, was. Ja, haste wieder gepennt und ich kanns ausbaden. Da werd ich draußen mal allen zeigen, wie schlecht du mich behandelst. Und Mama sag ichs auch. Und essen werd ich heute gar nichts mehr, trinken auch nicht. Ich werd auch nicht mehr schlafen, nur noch schreien, so laut, dass du auch nicht schlafen kannst. Und wenn ich mal groß bin, ess ich alle Kekse auf. Denn ich hab dann mal ganz viel Geld, nicht so wie du. Davon kann ich mir dann alle Sorten Kekse kaufen, auch die mit Schokolade. Und auch Kuchen. Wenn ich mal groß bin, dann bin ich dafür, dass alle Hausbesetzer rausfliegen. Ich hab ganz lange Haare und trage nur Markenklamotten. Ich werde Wein trinken und studieren und immer saubermachen und schwul sein und Ananas essen und jetzt bin ich ganz schön müde. Hoffentlich geht das Fieber nicht runter, während ich schlafe. Ich hab noch soviel vor heute.

Oskar ist doof

Häh! Was denn jetzt los? Oh Mann, Oskar, halts Maul, echt. Was solln das? Is gerade mal sechs. Nein. Ja, ich geb dir gleich deinen Tee, dann schläfst du aber noch mal. Gestern hast du doch auch länger geschlafen. Na, nun hab dich mal nicht so. So'n Durst kannst du gar nicht haben. Hör auf zu schreien, es ist sechs Uhr morgens! Früh, kapiert, früh! Da kommt man normalerweise erst nach Hause! Hier, da haste deine Flasche. Was denn, schmeckt der dir plötzlich nicht mehr? Nanu. Hey, oh Mann ey, Sauerei. Das gibts doch nicht, bist du krank? Auch das noch, Fieber! Was mach ich denn nun? Scheiße, Ficken, das ist doch die pure Absicht, der will mich fertigmachen.
Und wenn nicht?
Armer, kleiner Wurm.
Ja, kannst dich nicht wehren gegen böse Fieberbakterien. Warte, wir messen mal ganz kurz. Dauert auch nicht lange.
So, dieses kleine Thermometerspielzeug muss jetzt mal ganz kurz in deinen Po kriechen. Ja, ist ja gleich vorbei. Au Backe, 38,9. Kreuzspinne und Kreuzschnabel. Das wird ja immer schöner. Na, Oskar, dann bleiben wir heute mal viel im Bett. Aber vorher musste noch was essen und trinken. Ja, Oskar, hör auf zu weinen, kannst ja bald wieder schlafen. Die Milch, wo war die Milch? Ah hier, schnell schnell schnell, alles muss schnell gehen. Aber auch keine Fehler machen, Ahne. Die Milch darf nicht zu heiß werden. Oskar, Mann gib doch mal Ruhe. Die andern haben gestern viel getrunken und kriegen jetzt bestimmt Kopfschmerzen,

wenn du nicht ruhig bist. Nein, Kekse gibts nicht, du bist krank! Nein und nochmal nein! Hier, deine Milch, ich hab dir auch 'n bisschen Honig reingemacht. Willst du nicht? Vielleicht 'n bisschen trockene Stulle. Nee, auch nicht? Hey, aber nicht in die Rillen schmieren! Hey, das kriegt man doch nie wieder raus! Mann ey, och ich krieg 'ne totale Wut. Wenn das Christian sieht, der hat gestern erst geputzt. Ja, da lachst du, was? Und in 'ner Stunde stinkt alles wieder nach saurer Milch. Blödmann! Ja, nun hör auf zu schrein, ich habs ja nicht so gemeint. Ja, ich nehm dich ja auf 'n Arm. Boh, und heute noch Reformbühne*, das halt ich nicht durch. Gnade, ich will sterben oder nicht oder vielleicht doch. Nun hör doch mal auf. Alter Jammerlappen, so schlimm ist es ja nun auch nicht. Hier, schnaub mal ins Taschentuch. Haste noch nicht gelernt, naja, bist ja 'n Junge, da geht eh alles langsamer. Ein Glück, dass ich aus dem Alter raus bin. A propos raus. Wir gehen einfach raus, spazieren. Ist schönes Wetter und 'n bisschen frische Luft tut jedem gut, auch kranken Oskars. Nein, da hilft kein Meckern, ab in den Anzug. Schwupp. Mütze auf. Mann, bin ich froh, wenn du in den Kindergarten kommst. Da werden dann andere Saiten aufgezogen. Da wirst du zum Mann gemacht. So, alles klar. Los geht's, und wehe du schreist draußen weiter. Hoffentlich wird aus dir noch mal was. Aber wahrscheinlich wirst du so'n Typ sein, der in Studentencafés rumlungert und Blasen quatscht. Mit so langen fettigen Haaren, aber trotzdem Markenklamotten für hunderte von Mark. Ja, das kennt man ja, rebellische Jugend. Scheißeltern und so. Na, da werd ich dir aber was erzählen, solange du die Beine unter meinen Tisch streckst. Ich durfte mir damals die Haare auch nicht abrasieren.
Is er endlich eingeschlafen, schön, göttliche Ruhe, he, da is ja Gunnar, könn wir vielleicht noch 'n Wegbier trinken und dabei 'n bisschen entspannen. Entspannen, oh ja.

Ich bin gut

Früher war der Mensch noch gut,
auch wenn er Fehler hatte.
Doch er versuchte sich zu ändern,
machte sich Gedanken.
Heute denkt doch jeder hier
nur noch an sein Auto,
vergisst den Rentner nebenan,
fährt lieber nach Frankreich.
Tief in mir, da schlägt mein Herz
für diesen armen Rentner,
und ich schenk ihm eine Wurst
von 15000 Zentner.

Die BRD (heute: Landleben)

Ein Tag auf dem Land. Früh um fünf kräht der Hahn. Dann kräht er nochmal um sechs, halb sieben, um acht, viertel zehn und dann nochmal später. Irgendwann gegen Mittag muss man dann aufstehen und drei Kannen Kaffee trinken. Das macht man hier so auf dem Land. Damit der Stuhlgang angeregt wird. Dann erstmal wieder ins Bett, denn es strengt doch ganz schön an, das Leben auf dem Land. Um zwei schließlich brennt das Haus, denn es ist heiß, die Sonne knallt mit 5000 Umdrehungen in der Minute hernieder. Man muss aufstehen, eventuell löschen, wenn das Feuer nicht von selbst ausgeht und überhaupt Gießkannen da sind. So vergeht der Nachmittag. Die Kartoffeln kochen über wegen der ganzen Hitze. Das ist natürlich Scheiße. Man flucht auf die Regierung, die wirklich samt und sonders aus Idioten besteht. Aber vom Fluchen wird natürlich nichts besser, deshalb geht man in den Keller, Waffen put-

zen. Die Kanonen sind schon wieder ganz rostig von dem vielen Löschwasser. Auf dem Land geht das mit dem Rosten total schnell. Das liegt an den sogenannten Landbakterien, die hier überall da sind, und wenn man nicht aufpasst, dann frisst sich der Rost einem regelrecht ins Hirn hinein und sorgt dort für totale Umnachtung. Aber wenn man aufpasst, hat man nichts zu befürchten. Ein alter Stahlhelm wirkt oftmals Wunder. So übersteht man die kritische Zeit zwischen fünf und sieben. Um halb acht kommt dann der Bürgermeister vorbei zu einer Kanne Kaffee. Er erkundigt sich nach den Kartoffeln und staunt über die Schafe, wie die wachsen, sie sind schon doppelt so dick wie gestern und können bereits sprechen. Der Bürgermeister hat meistens Zettel dabei, die man ausfüllen muss. Er hat dieses merkwürdige Hobby seit dem letzten Krieg. Da traf ihn eine Granate am Kopf und seitdem entwirft er Zettel. Welche Partei man vor dem Krieg gewählt hat, steht da drauf, und allerlei Rätsel. Manchmal auch was Ernstes. Kulturpolitischer Krams, philosophische Fragen und warum wohl die letzte Eiszeit so knapp am Dorf vorbeigeschrammt ist. Zum Schluss muss man dann noch eidesstattlich erklären, dass der liebe Gott und unser Bürgermeister ein und dieselbe Person sind. Er kontrolliert das alles höchstselbst und per Hand, und wenn alles O. K. ist, dann kloppt er seinen großen Stempel darauf und ist zufrieden.
Viele im Dorf meinen, der Bürgermeister hätte das Zeug zum Präsidenten. Allerdings hängt das wohl auch damit zusammen, dass alle irgendwie mit ihm verwandt sind. Aber er ist schon ein lieber Kerl. Nur reizen darf man ihn nicht. Die Großbäuerin Manuela hat ihn einmal ziemlich gereizt und da hat er sie einfach weggeschickt nach Amerika! Und da musste sie dann alles stehen und liegen lassen und sofort nach Amerika gehen, obwohl sie gar nicht wusste, wo das überhaupt liegt. Aber das war dem Bürgermeister egal. Er war sauer, denn man hatte ihn gereizt. Das

hatte aber auch sein Gutes, denn jetzt war jeder gewarnt hier.
Wenn der Bürgermeister gegangen ist, so gegen um acht meist, dann winkt man noch eine Weile hinterher und melkt die Kühe und so. Einige haben ja jetzt auch Kamele. Seit Erich Honecker tot ist, darf man auch Kamele haben, das ist die neue Freiheit. Kamele, aber auch Büffel, Nashörner, Einhörner und Pinguine, alles, was der freie Markt hergibt. Dadurch kommt Bewegung in die Nahrungskette. Die Gleichmacherei hat ein Ende. Keiner sieht mehr aus wie der andere. Der eine ist groß, andere sind klein und dick, oder es gibt auch Kinder und Frauen. Neulich ist auch mal ein Neger durchgefahren. Das war eine Schau. Er hatte ein Auto aus Japan und hupte zweimal, bevor er den Igel überfuhr.
Abends ist es im Dorf wie schon vor hundert Jahren. Man geht ins Kino oder in die Disko, oder man putzt im Keller weiter heimlich Kanonen. Auch Sexualität ist kein Fremdwort. Unten am Fluß treffen sich die Ungebundenen und ficken die ganze Nacht. Ehepaare dagegen sitzen zu Hause und stricken. Das Leben auf dem Dorf könnte so schön sein, wenn wir nicht eine dermaßen bekloppte Regierung hätten, die immer wieder alles versaut. Doch auch das ist vergessen, wenn die späte Nacht sich über Felder und

Der Mythos, daß Quadrate ebene Außenkanten besitzen, wird erst durch 100 000 fache Vergrößerung mit dem Elektronenmikroskop zerstört.

Wiesen fallen lässt und alles mit ihrem undurchdringlichen Schwarz erstickt. Dann schläft der Bauernstand, und besser isses auch.
Morgen werde ich jedenfalls wieder in der Stadt sein. Aber im Prinzip ist es da auch nicht viel anders.

Hase in der Großstadt

Ein Hase sitzt vor unserem Haus. Er ist traurig oder wütend, wer weiß das schon genau. Er blickt sich in der Gegend um. Vielleicht ist er neu hier in Berlin? Vielleicht kennt er nur grüne Wiese, rote Mohrrüben und kuschelige Hasennester? Ich werde ihm mal eine Nuss runterschmeißen. Klonk! Voll auf den Kopf geklonkt. Hat sich erschrocken, der niedliche Gesell. Guckt jetzt hoch zu mir, zu meinem Fenster. Ich entschuldige mich in aller Form: »Entschuldigung, Hase, vielmals, war eine Nuss, liegt jetzt da unten neben dir. Iss sie doch mal!« Der Hase weiß nicht genau, ob er jetzt verarscht wird. Er hopst einen Hops zur Seite. Dann schnuppert er an der Nuss, betastet sie vorsichtig mit seinen Vorderpfoten, und KAWUMM zerplatzt er in tausend Stückchen. Au weia! Da hab ich wohl die Schubladen verwechselt. Stimmt! Die Nussschublade war eine höher. Ich hatte eine als Nuss getarnte kleine Stubsbombe runtergeschmissen, aus der Stubsbombenschublade, die eine drunter ist.
Verdammte Großstadt! Immer macht man was falsch! Immer gibt es was zu verwechseln! Jetzt ist der Hase wohl hinüber. Dabei mag ich Hasen so gerne. Sie sind so putzig und fressen Fliegen und Mücken. Viele, viele Hasen bräuchten wir in Berlin. Vielleicht sollte ich eine Hasenzucht gründen? Mein Vergehen wieder gut machen? Doch erstmal muss ich unten saubermachen. Sonst rutscht noch jemand aus auf den Hasenstücken. Ich hole Handfeger und Müll-

schippe. Hach, die sind ja noch ganz dreckig. Da hängen ja Kängurubeine dran. Wer hat denn als letztes Kängurubeine aufgefegt? Bestimmt Simone. Hat sie bestimmt wieder mal was verwechselt. Die kommt doch auch nicht klar mit der Großstadt. Die gehn gar nicht raus aus dem Handfeger, die Kängurubeine. Na dann lass ich sie eben drin. Blöde Kängurubeine! Die kleben ja wie Klebstoff. Egal.
Auf dem Weg runter zur Straße mach ich mir Gedanken über unsere Gesellschaft. Die ist gar nicht mal so gut. Soviel Leute sind unglücklich.
Ich fege alles ordentlich auf. Frau Menkemenk kommt vorbei. Sie kann Hasen nicht leiden. »Na, hat's wieder einen erwischt? Dieses Gesindel!«
Frau Menkemenk ist seit 1993 arbeitslos. Ihr Mann ist schwul geworden, und die Kinder arbeiten als Ölwegwischer auf einer Bohrinsel bei Lappland. Sie schiebt alles auf die Hasen. »Immer diese Hasen«, sagt sie oft. »Ach, Frau Menkemenk«, antworte ich, »die Hasen können doch wirklich nichts dafür. Sie fressen Fliegen und Mücken und sind putzig anzuschaun.«
Doch Frau Menkemenk ist schon wieder verschwunden und hat außerdem gar nicht zugehört, glaub ich. Ja, in der Großstadt geht alles so schnell. Hasen kommen, Hasen zerplatzen. Frau Menkemenk ist da, Frau Menkemenk ist weg, hat noch nicht mal zugehört, und ich verwechsel alles ständig.

Auf dem Weg nach unten (VII)

Berlin-Mahrzahn. Meon Gewerbepark. Haus 5A. Irgendein Raum. Ich sitze da und werde langsam verrückt. Ich muss Kästchen basteln. Graue Pappkästchen mit Geschenkpapier bekleben. Verdammte beklebte Pappkästchen! Gestern hab ich 'n Halbes geschafft. Heute wird's wohl noch weniger werden. Im neuen Deutschland nennt man sowas Arbeit. Ich sitze da und starre in die Luft. Stundenlang. ›Hat da nich jemand was gesagt? Nö, doch nicht.‹ Aus dem Radio dröhnt bescheuerte Musik. Gruppe PUR. Ostrock aus Schwaben. Dazwischen ereifert sich eine wahrscheinlich völlig mit Speed zugedröhnte Ansagerin. Alles sei so toll und überhaupt, und die ersten 30 Anrufer, die sagen, dass sie den Namen von ihrem schwachsinnigen Sender wissen, die erhalten supergeile Handys in den abgefahrensten Farben von der Firma Wasserkopf oder so. Und außerdem sei das hier mehr Abwechslung mit Megahits aus zehn Jahrzehnten. Wahnsinn! Das ist doch ...

Das hat doch System. Da steckt doch die Regierung hinter. Eigentlich müsste man was tun. Ich starre weiter vor mich hin. Dem neben mir kippt der Leimtopf aus. Er war wohl eingenickt. Jetzt hat er den Scheiß. Muss er wegmachen. Zwölf Augenpaare starren ihn an. Endlich passiert mal was. Wird er der Belastung standhalten? Nein. Er bricht zusammen, schlägt mit dem Gesicht unsanft auf dem Fußboden auf, voll in die Leimpfütze rein. Alle lachen. Freuen sich, dass es ihnen nicht passiert ist. Ich freue mich auch.

Noch 'ne halbe Stunde bis Mittagspause. Der Typ mit dem Leim im Gesicht liegt auf'm Fußboden und schläft. Jemand hat ihm ›Ich bin doof‹ auf die Jacke geschrieben. Die Chefin kommt vorbei. Sie traut sich auch nich mehr, uns was zu sagen. Das is ihr schon einmal schlecht bekommen. Seitdem trägt sie auffällige Male an verschiedenen Körperstellen. Sie is da mal irgendwo ausgerutscht und raufgefallen dabei aus Versehen.

Draußen scheint die Sonne. Wir stehen dicht gedrängt am einzigsten Fenster dieser muffigen Grotte und drücken unsere Nasen an der Scheibe platt. »Ooch Sonne«, sagt jemand. »Und rosafarbene Häschen«, schluchzt ein anderer. Doch die Gitterstäbe geben nur einen verhöhnenden Ausblick auf die Freiheit preis. Sie selbst bleibt unerreichbar

fern, und auch wenn wir uns noch so rebellisch geben, so sind wir doch völlig unter Kontrolle. Eingetaktet, überwacht, der langsamen Verblödung preisgegeben.
Hoffentlich kommt heut abend noch was Gutes im Fernsehen.

Wie ich mal mit meinen Gedichten die Wende mit einleitete

Meine eine Oma, nicht die Nazi-Oma, sondern die andere, sagte früher immer: »Junge, du wirst mal ein richtiger Schriftsteller. Du schreibst richtig schöne Sachen. Mach bloß weiter und lass dich nicht entmutigen.« So schenkte ich meiner Oma, die ein großer Fan poetischer Heimatlyrik war, zu jedem ihrer Geburtstage ein selbstgedichtetes Machwerk von der Art:

> Der Tag erwacht am 18. August
> Vöglein tirilieren voller Lust
> Süße Rosen blühen nur für dich
> am Himmel erstrahlt ein Geburtstagslicht

Das trug ich, bekleidet mit halbwegs sitzender Konsumhose*, frisch gebügeltem Hemd sowie akkurat gezogenem Seitenscheitel, in strahlender Pose und mit der Betonung von jungen Pionieren, die Erich Honecker* was aufsagen sollen, meiner Oma vor, und hatte so für immer einen Stein bei ihr im Brett. Da konnten ihre anderen Enkel noch so viele Medaillen im Sport holen, die schärfsten Geräte im Keller basteln oder die besten Zeugnisse nach Hause bringen, ich blieb ihr Liebling, der zukünftige Schriftsteller, der endlich mal wieder das Schöne betont. Da das bei meiner Oma so gut klappte und es mir auch leicht von der Hand ging, versuchte ich die Masche auch bei den anderen Verwandten, bemerkte aber bald, dass es sich hier wohl um tumbe Bauern oder begriffsstutzige Proleten handeln musste. Sätzen wie: »Na, das haste ja ganz prima gemacht!« folgte direkt auf dem Fuße: »Und kannste denn jetzt schon schwimmen?« Eine Beleidigung, sowas Profanes wie Schwimmen in einem Atemzug mit der hehren Kunst zu nennen. Ich konnte ES natürlich noch nicht, obwohl ich zusammen mit einer Behindertengruppe letzten Sommer zwei Wochen meiner kostbaren Ferien beim Schwimmtraining vergeudet hatte. Doch Tiefschläge dieser Art muss ein Künstler wegstecken können, sagte ich mir. Man muss durch die Hölle gehen, um in den Himmel zu kommen. Und Erfolgserlebnise gab's ja schließlich auch. So kam mein Gedicht über den ersten deutschen Kosmonauten im Weltall:

Siegmund Jähn ist unser Held
wie er doch mit großem Tempo
durch das Weltenalle schnellt

sogar zu gesellschaftlichen Ehren. Neben einem großen Bruderkuss-Foto von Herrn Erich Honecker und Herrn Leonid Breschnew fand es seinen Platz an unserer Klassen-Wandzeitung. Jetzt konnte es eigentlich nicht mehr lange dauern, bis die ersten meiner poetischen Ergüsse in das Kulturerbe der Deutschen Demokratischen Republik eingehen würden. Doch wie das oftmals bei solch jungen, ungestümen, der wahren Kunst verpflichteten Himmelserklimmern ist, irgendwann gibt es plötzlich einen Knick, geraten sie an die Grenzen der gesellschaftlichen Belastbarkeit, kommen sie mit dem System in Konflikt. Bei mir ging das so etwa in der Pubertät los. Ich ließ mir die Haare fettig wachsen und wurde hässlich. Aus Protest interessierten mich keine Mädchen mehr, und die Schule ging mir am Arsch vorbei. Was es direkt war, das mich zu dem Schritt in diese Fundamentalopposition trieb, kann ich nicht mehr so genau nachvollziehen. War es der blöde Schotterplatzkäfig*, der auf unserem Fußballrasen errichtet wurde, war es die einzigste AC/DC Platte die in der DDR erschien oder, dass man das doofe FDJ-Hemd nicht in die Schultasche knüllen durfte? Ich weiß es nicht. Jedenfalls wurden meine Gedichte immer düsterer, provokanter und systemkritischer:

Schwarze Maschinen
tanzen den Rhythmus der Zerstörung
blinder Hass
aus der Wut der Angst
durch den Strudel des Lebens
in das Dunkle gerissen
und am Ende
da steht der
Tod

Ganz klar, dass da das Pankower Regime nicht einfach tatenlos zugucken konnte, wie so mir nichts, dir nichts ein zweiter Wolf Biermann entstand. Ich kam zwar nicht in den Knast, aber meine neuen Gedichte auch nicht mehr an die Wandzeitung, wo inzwischen der Genosse Erich Honecker mit dem Genossen Juri Andropow im Bruderkuss vereint hingen. Das System versuchte mich überall zu behindern. Trug ich etwas vor, wollte mir keiner mehr zuhören. Eines Nachmittags verlor ich ›zufälligerweise‹ beim Klimpern um Alu-Pfennige ganz viel Geld, und meine kleine Schwester hatte eher einen Freund als ich eine Freundin. In der Lehre nahm mich das harte Schicksal der Arbeiter gefangen. Selbst, mit meinen zarten Künstlerhänden, für die schwere Schufterei in der Fabrik nicht geschaffen, überraschte mich hier die grenzenlose Solidarität, die sie einem Outlaw wie mir entgegenbrachten. Meine Gedichte wurden kämpferischer und zunehmend volksnaher:

Starker Arm, ölverschmiertes Gesicht
Arbeiter, wer kennt dein Los nicht
man sagt, dies wäre dein Staat
wer wagte den Verrat?!

Oft, wenn ich in den Pausen die Gedichte rezitierte, weigerten sich die Kollegen danach minutenlang weiterzuarbeiten und konnten nur von brutal die Peitsche schwingenden Apparatschiks wieder zu den Maschinen getrieben werden. Das spornte mich an, gleichzeitig spürte ich die eigene Ohnmacht, verfiel zusehends in tiefe Depressionen. Gedichte wie:

Was ist
Was soll es noch
Warum schließ ich das Fenster nich
Ist sterben möglich

zeugen von durchaus kritischen Situationen. 1987 dann wurde ich zur Armee einberufen und entwickelte dort wieder neu mein Überlebensbedürfnis. Dieser militaristische Dampfhammer sollte mich nicht plattmachen. Ich schrieb Liebesgedichte an eine fiktive Geliebte, einfach um nicht zu verkümmern. Sie waren der Strohhalm zu meinem Lebenssaft:

Wenn du den ersten Hahn
im Morgengrauen krähen hörst
so kannst du mich wecken
dann möchte ich dich umarmen
und dir sagen, dass ich dich liebe
dann setzen wir uns auf den Felsen
du weißt, den auf der Anhöhe
und ich werde dir eine Haarsträhne
aus dem Gesicht streichen

Zum ersten Mal brach ich damit aus dem gewohnten Reimschema aus, setzte Maßstäbe für kommende Generationen. Trotzdem wollte die, wie ich später erfuhr, Systemzeitung ›Junge Welt‹ meine Ergüsse nicht publizieren. Sie verwies mich an die ›Zirkel Schreibender Arbeiter‹, die sich zumeist aus Spitzeln und Schwachköpfen zusammensetzten. Durch die Ablehnung endgültig aller Illusionen beraubt, brach ich meine Verhandlungen mit dem SED-Regime einseitig ab. Wenige Monate darauf zerbrach die DDR an den Massendemonstrationen der Bürgerrechtler, der Fluchtbewegung über Ungarn, der internationalen Isolierung und ihren eigenen Unzulänglichkeiten. Ein wenig sicherlich aber auch an meiner Dichtkunst.

Zum besseren Verständnis

Nach Jahrzehnten der Ödnis von Betonwüsten und Großstadtdschungel. Nach dem Überleben zwischen Erbsenbüchse und Gashahn. Nach Unendlichkeiten mit McDonalds und Grilletta verspürt man irgendwo in einer

entfernten Zelle der linken Herzkammer ein unbändiges Verlangen nach Waldluft.
So beginnt der 400 Seiten Wälzer »Pisse im Schuh« von Egon Krenz*, den ich jetzt euch allen hier vortragen werde. Dieses Buch wurde geschrieben zu einer Zeit, als die Mauer noch stand, aber die berühmten Mauerspechte schon heimlich in unterirdischen Bunkern ihre Instrumente schärften. Sie hatten so eine Ahnung, dass sie eventuell unter dem Namen ›Mauerspechte‹ in die Geschichte eingehen würden. Dabei war von irgendwas Besonderem eigentlich gar nichts zu spüren. Egon Krenz, der alte Latschen, wie man ihn in Dissidentenkreisen, scherzhaft, aber durchaus nicht abwertend, nannte, schrieb an seinem selbstkritischen Roman über das 19. Jahrhundert. In den Läden gab es genügend Teewurst und gelbe Erbsen mit Bauchspeck für alle. Die Stasi eilte, fröhlich prügelnd, emsig durch die Straßen und der Sozialismus wucherte in den Vorgärten.
Und doch war da so ein Aroma in der Luft. Es vibrierte. Zur näheren Erläuterung und zur Erklärung was dann warum irgendwie in dem Roman passiert, beschreibe ich jetz erstmal aus eigener Erfahrung den Sturz der Mauer. Das muss ich machen. Sonst ist der Roman, der kritische Egon Krenz-Roman »Pisse im Schuh«, der Roman, die Romantrilogie über das 19. Jahrtausend kaum zu begreifen. Die Mauer fiel nicht einfach so plums um. Nein sie stand ja erstmal noch. Den Westen gab es auch. Tief hinten im Westen sah man einige Leute übel herummachen. In der DDR herrschte der Kalte Krieg. Wolf Biermanns* Ofen wurde von Agenten der Stasi ständig gelöscht, so dass er fröstelnd eingewickelt im Wolf Biermann-Pullover herumsaß und seine albernen Gedichte schlechter und schlechter wurden. Der Mann konnte einem leid tun. In den Stuben der Herrschenden dagegen regierte hemmungslose Betriebsamkeit. Gerade war ein Schreiben der UNO eingetroffen, ob man nicht irgendeine Verwendung für Mutter Theresa hätte, sie würde lang-

sam nerven. Erich Honnecker* wollte dazu die Volkskammer zusammenrufen, doch dann gab es Streit. Walter Ulbricht* meinte, dass dieser Quasselverein noch nie eine vernünftige Entscheidung zustandegebracht hätte und Wilhelm Pieck* wollte lieber den Bundestag zusammenrufen lassen. Er war völlig senil und hatte in seiner eigenen Welt mysteriöse Vorstellungen vom politischen Wirken. Über dem ganzen Streit jedenfalls wurde der eigentliche Anlass vergessen und man konzentrierte sich lieber auf den 12. Parteitag, der Ende Oktober zum erstenmal im westlichen Ausland stattfinden sollte.

Zur selbigen Zeit ging in Berlin-Friedrichshain der Maurer Andreas Möhring spazieren mit seinem Hund. Die auffällig runden Boxerjeans schlenkerten im Wind. Der Zigarettenrauch der Karo vertrieb die Kinder aus dem Viertel. Andreas Möhring, der Maurer, ging spazieren. Wolf Biermann dagegen saß auf dem Bett herum und langweilte sich. Alle seine Freunde waren im Urlaub und die Stasi kam auch immer seltener vorbei, um den Ofen zu löschen. Er überlegte, ob er in den Westen ausreisen sollte. Einerseits tolle Nordseestrände da, o. k. Andererseits tolle Ostseestrände hier. Einerseits könnte er sich dort 'ne tolle Westjeans kaufen. Andererseits würden sie alle über seinen Wolf Biermann-Pullover lachen. Und andererseits waren die neuen runden Boxerjeans auch nicht zu verachten. Sie schlenkerten immer so schön im Wind. In der Stasizentrale wurden sie langsam unruhig. Horst hatte heimlich in das Horoskop der Westberliner Bildzeitung geguckt und da stand für heute drin: »Die Berliner Mauer kippt um.« Ein jeder nahm dieses Orakel ernst. Fieberhaft wurden Pläne diskutiert. Könnte eine Mauer im Osten die Mauer im Westen ersetzen. Sollte man Blitzkrieg machen oder vielleicht den Kapitalismus ausrufen und selber 'ne Firma aufmachen. »Ha, ha, ha, die Firma macht 'ne Firma auf.« Der Schornsteinfeger, der zufällig im Raum stand, lachte sich halb tot. Dafür wurde er

mit dem Kopf in den glühenden Ofen gestoßen und von oben bis unten abgekitzelt.
Der Maurer Andreas Möhring drehte immer noch seine Runde. Er fühlte sich gut. Im Politbüro vergnügten sich die alten Herren mit einer Abordnung des Bundes deutscher Mädchen der CDU Wiesbaden. Die Mädchen waren aber auch zu putzig.
Wolf Biermann hatte gerade angefangen, seine Sachen zu packen, da fiel plötzlich die Mauer um. Es war fast ein Wunder. Da waren diese Platten auf einmal weg und vom Westen her ergoss sich ein Strom glückstaumelnder Menschen. Auf den Köpfen ihre lustigen Pepitahütchen. An den Füßen Schuhimitate. Aber das machte nichts. Heute nicht. Es waren Menschen, die da durch die Tür in der Mauer kamen. Die Ostler guckten erst komisch. Dann begrüßten sie ihre Brüder und Schwestern herzlich in der DDR. Manch einer lud einfach paar Hamburger ein und fuhr mit ihnen 'ne Runde Straßenbahn. Noch war alles reines Glück und unbändige Freude. Die Probleme sollten erst später kommen. Und die Probleme sollten mit solchen Leuten wie Wolf Biermann, Andreas Möhring, Stasi und den Gestalten, die tief im Westen übel herummachten, zu tun haben. Leider werden die Probleme in dem neuesten Roman von Egon Krenz »Pisse im Schuh« auch nicht angeschnitten.

Dialog zwischen Staubflocke und mir

A: Na, Flocke, wie geht's?
F: Ja, geht. Bisschen viele Milben vielleicht. Und selbst?
A: Ja, auch. Was machst du noch heute so?
F: Ach, ma sehn. Kommt auf die Luftbewegung an. Eventuell noch 'n bisschen durch die Gegend fliegen, wenn's sein muss.

A: Nee, muss nich sein. Ich lass heute Fenster und Türen zu. Keinen Bock auf Action. Kannst ruhig liegen bleiben, so wie ich.
F: Na denn.
A: Ja.
Kurze Zeit später (2 Stunden etwa)
F: Du, Ahne.
A: Ja, Flocke.
F: Ich hab dich lieb.
A: Ich dich auch, Flocke, ich dich auch.

Wie ich mal mit einer Rakete geflogen bin

Einmal bin ich mal mit 'ner Rakete mitgeflogen. Es war im letzten Sommer. Ich war kein Junge mehr, aber auch noch kein Mann. Es war Sommer. Die Kakteen standen in voller Blüte. Texas glich einem umgefallenen Bienenhaufen. Ich war neu in den USA. Auf Einladung der NASA, die mal neue Gesichter suchte für ihre Raketenexpeditionen. Die alten warn schon schrumplig geworden, die wollte keiner mehr sehen, und es ging ja gerade darum, die 19 bis 48jährigen als beständige Zielgruppe zu gewinnen. Da kam jemand wie ich natürlich grad recht, und ich hatte auch nicht übel Lust auf sowas.

Zuhause in Ostdeutschland tobten in der Zeit Nazischlägerbanden, Dummheit stand hoch im Kurs, die Sozialämter hatten wegen Lieferschwierigkeiten meistens zu, Arbeit gabs nur für Crashtestdummies und die Liebe war in Urlaub. Da dachte ich mir, ach ja, ich glaub, ich geh ma kurz nach Amerika, das is ja jetzt nich mehr verboten, da guck ich ma, was da so los ist. Schon früher flüsterte man sich zwischen Kap Arkona und Zwickau ja geheimlich hinter vorgehaltener Hand über die begrenzten Möglichkeiten die Ohren voll. Hätte es damals freie Wahlen gegeben, die fiktive USA-Partei hätte mit an Sicherheit grenzender Wahrscheinlichkeit eine Zweidrittelmehrheit erhalten.

Jetzt ging also das Wunder für mich in Erfüllung. USA-Kosmonaut, das gibts doch nich. Doch! Alle Wetter, Gott* oder Evolution, oder so ähnlich; wer dafür verantwortlich war, war mir eigentlich wurscht. Ich stand auf der Startrampe und konnte es immer noch nicht fassen. Bunte USA-Papageien saßen mir auf der Schulter, das war hier praktisch unbegrenzt möglich.
Die quatschten lustiges Zeug, sowie im Fernsehen immer. Ha, ha. Ich musste lachen. Nur noch fünf Minuten bis zum Start. Der USA-Präsident kam mit Blumen angespurtet, aber er wurde wieder weggeschickt, denn der Count-Down lief schon. Die Rakete war entsetzlich klein, sowjetische Bauart, versteh ich gar nicht, warum die USA so'n Schrott hochfliegen lassen, wo die doch auch echte Cadillacs haben. Wahrscheinlich Sparzwang. Ich konnte mich erstmal umgucken, soviel Zeit musste sein, hoppla. Da gings auch schon los. Ein Riesenkrach betäubte die Sinne. Hoffentlich hielten die Zylinderköpfe. Als ich aus dem Fenster guckte, war alles so klein wie Matchboxautos. Mein Co-Pilot kam aus Afrika, er war ganz schön lustig. Wir würden viel Spass miteinander haben. Langsam wurde es dunkel, wir warn im Weltraum angekommen. Alles war auf einmal so leicht. Der Kühlschrank schwebte mir vor der Latichte. Ich öffnete ihn. Aha, alles voll mit Tuben. Hatte ich mir bereits gedacht. Der kluge Kosmonaut baut vor. In meinen Hosenbeinen hatte ich mir von Mutti Dosenbier einnähen lassen.
Auf einmal blinkten ein paar Knöpfe anders als vorher und das Aggregat begann, entsetzlich zu rußen. Damit musste man bei der Schrotttechnik natürlich rechnen. Deshalb hatte Mahmoud, der Co-Pilot, auch noch schnell Klempner gelernt.

Er ackerte, was das Zeug hielt. Dutzende verkorkster Bauelemente traten die Reise durch die Unendlichkeit an. Man musste aber höllisch aufpassen, dass man das Fenster nich zu lange aufließ wegen der Weltraumkrankheit. Ziemlich anstrengend, so hatte ich mir das gar nicht vorgestellt. Als alles wieder ganz war, funkten wir zum Spass mal kurz Mayday SOS an die Erde. Die kriegten einen ganz schönen Schreck.

Aber bald bemerkten sie an unseren lustigen Gesichtern, dass wir sie nur veräppeln wollten. Trotzdem gaben sie das Ganze ans Fernsehen weiter, was die Einschaltquoten in die Höhe schnellen ließ. Mahmoud war Moslem und deshalb schnell betrunken. Er las mir lallend die komischsten Stellen aus dem Koran vor, ich behauptete, Jesus Christus sei schwul gewesen. Manchmal konnten wir kaum noch schweben, so mussten wir lachen. Dann auf einmal sahen wir den Mond vor uns. Er war keine Sichel wie öfter, sondern rund. Wir wollten landen, aber die Rakete wollte nich so wie wir. Egal, aber komisch wurde mir da schon. Hoffentlich passierte das nicht beim Rückflug dann bei der Erde. Mahmoud guckte meistens aus dem Fenster wegen Gott oder irgendwelchen Außerirdischen. Ich war ja schon aufgeklärt und las Comics und trank dazu Bier. So verstrich die Zeit. Mars, Venus und ein Haufen Sterne zischten an uns vorbei. Plötzlich war das Universum vor uns zu Ende. Wir prallten wie an einer Gummiwand ab, wurden quasi zurückkatapultiert, obwohl man genau erkennen konnte, dass hinter dem Universum, da war noch ein anderes Universum. Mahmoud ist mein Zeuge.
Nur mit unserer Rakete kamen wir nich rein. Da braucht es wahrscheinlich eine neuere Generation von Raketen. Vielleicht welche mit 'ner extremen Spitze vorne dran, die da durchpieksen können. Doch das sind natürlich nur vage Vermutungen. Schade, kann man nich ändern, wir hattens auf jeden Fall versucht. Auf dem Weg zurück ging dann

auch noch das Radio kaputt. Wir bastelten zwar eine Ersatzantenne, aber es war dann doch was anderes, wahrscheinlich der Akku. Ich bekam auch schrecklichen Hunger. Die Tuben hatten wir nich richtig eingeteilt, die warn schon alle alle. Das Bier auch. Es war die Hölle. Aber auch schön irgendwie. Über das Manöver, wie wir wieder auf die Erde kamen, möchte ich hier mal vornehm schweigen, nur soviel, der dritte Versuch klappte, aber wir landeten in Mexiko total weit weg von unserem Startplatz. Mit Müh und Not überwanderten wir die Grenze USA – Mexiko, die mich ein wenig an die deutsche Mauer erinnerte, und klopften zur Überraschung der Verantwortlichen direkt bei dem Haus des Vorsitzenden der NASA an. Das war ein Hallo!
Für diejenigen, die noch nich das Glück hatten, mal über den eigenen Tellerrand hinauszugucken, denen kann ich nur sagen, die Amerikaner kochen auch nur mit Wasser, es is nich alles Gold, was glänzt, und lernt ruhig erst mal eure Heimat kennen, da gibs auch noch viel zu entdecken. Und über all dem sollte natürlich der Leitspruch prangen, den einstmals vor mehr als 1000 Jahren eine kluge Frau aus dem Hessischen in die Welt warf: »Hauptsache, man ist zufrieden.« Dem ist eigentlich aus heutiger, im Zeitalter des Computers, Sicht nichts hinzuzufügen.

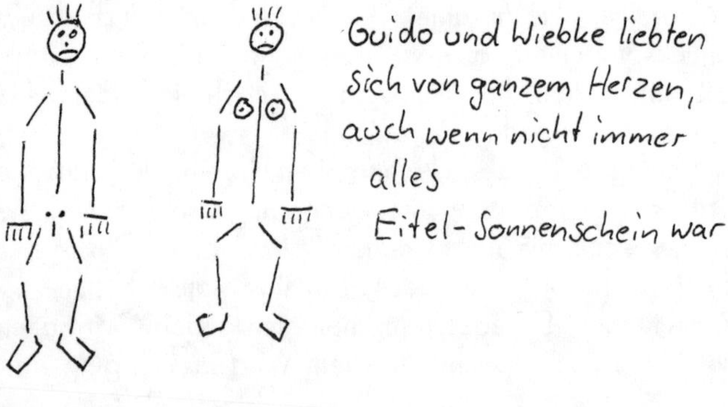

Kurz und knapp

Ein Freund erzählte mir einmal, dass er eine Brieftasche gefunden hätte, in der mehr als 1000 Mark dringewesen seien. Er hätte sich das Geld eingesteckt und die Brieftasche weggeschmissen. Aber dann hätte er sich das Ganze noch mal überlegt, wäre zurückgegangen, hätte die Brieftasche wieder aufgehoben und aufgegessen.
Ich glaub das einfach nicht.

Meisengeschichte

Vorgestern besoffen gewesen. Gestern viel getrunken. Heute morgen aufgewacht und nachgedacht. An mir heruntergeschaut. So wie das manchmal ist. Man weiß nicht, warum. Man guckt einfach an sich runter. Stundenlang. Die Zeit wird imaginär. Ich hab da eigentlich nichts Besonderes bemerkt. Aber gerade das gab mir doch etwas zu denken. Normalerweise bemerke ich eigentlich immer was Besonderes. Irgend einen neuen Speckbauch oder diverse Punkte, ähnliches. Diesmal nicht. Das machte mich stutzig. War es möglich, dass ich todkrank war? Ich fragte meine Freundin. Doch die meinte nur, ich wäre ja wohl ein riesengroßes Arschloch. So was Abartiges! Ich wolle jetzt wohl, dass sie sich Sorgen mache um mich? Dass sie vielleicht heute nicht zu dieser tollen Fete gehe, wo die Luzie losdüst, sondern lieber hier bei mir herumhocken bleibe und Kuschelkuschel mache? Das wolle ich wohl. Aber Pustekuchen! Hat sie gemeint und ist gleich losgedüst zu dieser tollen Fete und hat mich mit meinen Sorgen alleine gelassen. Und ich habe aus dem Fenster geguckt und gesehen, wie die Blaumeisen an unseren Meisenknödeln rumhingen und in kurzen Stakkatostößen hineinpickten. Es schmeckte ihnen wohl.

Meisenknödel heißen übrigens auf italienisch ›gnocchi di meisen‹ und auf englisch ›titmouse dumpling‹. Auf französisch irgendwas mit ›boulettes‹. Knödel, Gnocchi, Tittenmäuse, Bouletten. Die Welt der Sprachen ist schon verwirrend. Aber Hauptsache, es schmeckt. Und das tat es, man konnte es ganz genau beobachten. Diese Blaumeisen. Wie fröhlich die picken konnten. Ja, sie dachten eben nicht über den Tod nach. Die Blaumeisen waren froh, wenn sie einen neuen Speckbauch beim An-sich-Heruntergucken entdeckten. Ob fette oder dürre, Blaumeisen waren immer äußerst fröhliche Gesellen. Mit ihrer Fröhlichkeit beeindruckten sie sogar die hasserfüllten und griesgrämigen Elstern, die ansonsten, lediglich aus Boshaftigkeit, immer alle anderen Vögel verjagten. Ich sah also diesen Meisen zu und trank Grüne-Bohnen-Tee. Eigene Ernte.

Vielleicht sind ja die Meisen viel klüger als wir. Sie haben zwar einen kleineren Kopf. Aber Elefanten gelten schließlich auch nicht unbedingt als die Einsteine unter den Arten. Vielleicht ist ihr Gehirn ja viel verzweigter, filigraner und kompakter als wie das unsere. Und sie haben sich irgendwann mal an so'ner Artenabzweigung gedacht in ihren schlauen Köpfchen: »Ja, wir könnten jetzt anfangen, uns Sachen anzuziehen, Waffen herzustellen, Häuser zu bauen, Flugzeuge, Raketen etc., aber was würde das Ganze mit sich bringen? Frust, Neid, Selbstmitleid, die ganze Palette. Nö, lasst uns lieber was anderes machen, zum Beispiel auf Meisenknödel abfahren.«

Das haben sich natürlich nicht alle Blaumeisen gedacht. Die Dümmeren unter ihnen legten unter Protest das Federkleid ab und ließen die Meisenknödel links liegen. Aus ihnen entwickelten sich später unter anderem die Menschen.

Ich guckte meinen gefiederten Freunden noch eine ganze Weile zu, bis es dunkel wurde und sie zurück in ihre Federbettchen flogen. Zwar glaubte ich weiterhin, dass irgend-

was Böses in mir wütete, aber der Tod, nein, das war wohl doch etwas albern.
Und als meine Freundin gegen fünf Uhr morgens total volltrunken zur Tür hereinstürzte, da fühlte ich mich bereits wieder wie ein Held, trug sie zum Bett, entkleidete und reinigte sie und stand so über den Dingen, dass mich auch die vielen Knutschflecken, die über ihren ganzen Körper verteilt waren, nicht die Bohne störten. Ich war ein wenig zu einer Blaumeise geworden, und das war gut so.

Wie ich mal mit Gott essen ging (obwohl grad Bürgerkrieg war)

Mitunter geht ja auch mal jemand wie ich essen in ein Restaurant. Wenn es da schmeckt, wieso nicht? Sich in das gemachte Nest setzen, vor einen reichlich gedeckten Tisch, vollgepackt mit köstlichen Spezialitäten wie Eiern oder Zwiebeln, das macht Spass, da kann man es sich gut gehen lassen. Auch wenn draußen die Mächtigen mit Kanonen auf Spatzen schießen, muss man mal Pause machen. So ein Abend war am Donnerstag. Ich hatte gerade wieder zwei geschlagene Stunden über die Weltrevolution nachgedacht, als Gott anklopfte und mit brüchiger Stimme rief: »Mein Magen knurrt, ich hab Hunger, komm lass uns wohingehen und essen.« Ich hatte Gott in letzter Zeit etwas vernachlässigt, machte mir schon ein paar halbe Sorgen und war deshalb ganz froh, dass er wohin gehen wollte und essen und zu mir kam. Ich schluckte die angebrochene Tüte Erdnussflips schnell herunter und antwortete ihm: »Bin gleich fertig. Muss nur noch die Strümpfe bügeln, dann komm ich runter. Wenn du unten wartest, gehts schneller. Bis gleich.« Eine halbe Stunde später war ich dann unten. Gott war sauer. Es goss in Strömen und war kalt und Schnee lag auch und dol-

ler Wind dazu, Sturm nicht zu vergessen, stechender Nebel und total glatt, außerdem extrem dunkel, kurz gesagt ungemütlich. Deshalb war Gott richtig wütend und schwoll zu doppelter Größe an. Aber als ich sagte: »Entschuldigung, die Strümpfe waren länger als ich dachte, da hat sich die Zeit hier unten wohl etwas verzögert«, lachte er schon wieder und schrumpfte zu seiner normalen Größe zusammen.
Wir liefen schnell in ein übliches Restaurant. Brennende Kirchenkuppeln stürzten auf den Boden und tauten das Eis der Straße auf, wodurch das Leben wieder konnte beginnen. Aus Eiern schlüpften kleine Larven. Die wurden zu Würmern, dann Frösche, Hund, Katze, Kuh, Mensch. Eine Evolution im Schnelldurchlauf. Gott beachtete sie nicht. Für Naturwissenschaften hatte er nichts übrig. Aber dieser Bürgerkrieg, der ging ihm doch an die Nieren. Das sah man an seinem Gesicht. Da nisteten die Sorgen unter seinen Falten. Waren die Mächtigen denn total bekloppt? Wieso setzten die schwere Waffen ein, wenn eine paar Spatzen Gerechtigkeit, zu essen und freies Radio forderten? Sollte das etwa das Ende der so vielgepriesenen sozialen Marktwirtschaft sein? Wollen sie ihm das weismachen? ›Ihm‹, Gott!?!
All das konnte man unter seinen Falten lesen, wenn man nur aufmerksam genug hinschaute. Ich hatte jetzt auch großen Hunger. Wie ein kleiner Gaskomet außerhalb unseres Universums zog sich mein Magen zusammen. Ha, ha, aber da war es auch schon. Das Restaurant ›Zum gutschmeckenden Essen‹. Doch Achtung! Eine Mine war unter einem vor mir streunenden Hund explodiert. Man konnte ihn nicht mehr erkennen. Es war wohl ein Foxterrier gewesen. Das arme Tier. Es war jetzt weg. Ich öffnete die Tür und trat hinein. Gott trat auch hinein. Dann setzte ich mich hin. Gott setzte sich auch hin. Dann nahm ich die Tischdecke und schnaubte meine Nase drin aus. Gott nahm auch die Tischdecke und lachte: »Und wenn du von der Golden Gate Brücke springst, spring ich hinterher. Nein, nein, mein Lieber.

Herr Ober. Zwei Currywürste und ein großes Teegetränk. Halber Liter!«
Er war nicht drauf reingefallen. Er hatte mich machen lassen und lieber zwei Currywürste bestellt. Mir war es ganz schön peinlich, als der Ober kam und die Rotze vor mir auf seiner schönen, weißen Tischdecke sah. Aber er tat so, als habe er sie gar nicht bemerkt. Jedenfalls im Gesicht. Weiter unten hatte er nämlich, mit einer Handbewegung, die alte Tischdecke abgezogen und eine neue wieder draufgedeckt. Ohne dass man es praktisch sehen konnte. Unglaublich. Vielleicht noch ein Kellner aus der alten DDR. Die Stimmung war gut: Es gab auch noch Klöße zu essen mit Gemüse vom Rind. Vegetarisches Rind, das war gesund und trotzdem auch rustikal. Der Herrgott hatte seine liebe Freude daran und ich bestellte eine Portion. Wie gesagt, zur gleichen Zeit kämpften draußen die Geknechteten für unser aller Freiheit. Ungerecht. Ja. Weil wir hier drin uns den Magen vollschlugen mit Leckerem. Und da draußen bei den Kämpfern die Granaten in ihre Mägen einschlugen mit nicht so Leckerem. Als wir fertig waren, da sagte dann

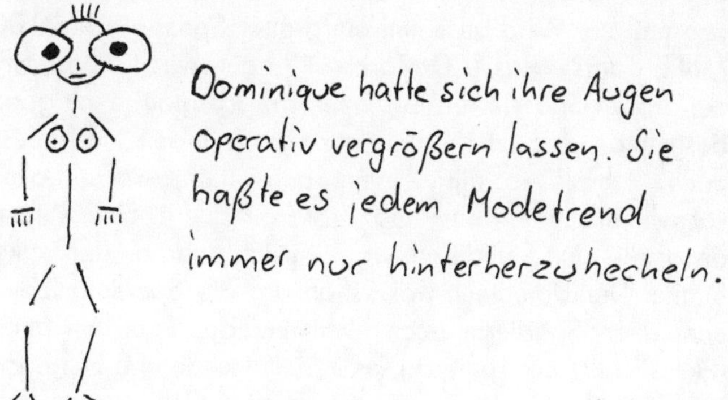

Gott auch zu mir: »Ahne, der Weg ist das Ziel, hab ich bei Laotse gelesen, komm lass uns gehen.« Und wir gingen ohne zu zahlen.

Wie ich mal ein bekannter Künstler war

Die Welt geht schneller heutzutage. Hetze allerorten. Eben biste noch hier, schon musste da sein und dann gleich bald dort. »Wie sollste das denn schaffen?« fragste dich, aba keena antwortet. Noch nich mal dein inneres Ich.
»Bim, Bim, Klingeling«. Das Telefon rattert. »Ja hallo, hier is Horst von der Volksbühne. Ahne, willste heute abend auftreten. Gibt 100 Mark. Gestern war Sarah Schmidt* da. Die fand das ganz toll. Ein Chansonabend is ausgefallen und jetzt kannst du ran. Mit noch mit dabei ein Dompteur und eine, die mal früher gut in Sport war. Und wie gesagt, es gibt 100 Mark.« »Ja, was das nu wieda?! 100 Mark. Na gut. Warum nicht. Ich hatte ja noch eine Stunde Zeit und musste nur noch mit meinem Sohn was essen gehen, einkaufen und die Gartenmauer bei meiner Mutter fertigmauern. Das könnte man ja irgendwie verbinden. Also gut. Ich sag mal zu. Wird bestimmt ein großer Spass.« »Und 100 Mark, oder?« »Ja, 100 Mark.« »Na gut, wird ja bestimmt ein großer Spass.« »Ja bestimmt, ja, das glaube ich ganz bestimmt.« »Na gut.« »Ja, na gut.« »Ja Tschüss.« »Ja Tschüss auch.« Ich also los mit meinem Sohn unterm Arm und alles schnell verbunden, einkaufen, essen, mauern. Eine Minute bevor die eine Stunde um war, war ich dann an der Volksbühne. Der Dompteur war schon da, die Sportlerin bzw. ehemalige Sportlerin noch nicht und das Publikum auch noch nicht. Aber siehe da, es trudelte schon ein. Erst noch zögerlich, aber dann auch noch zögerlich, aber egal. Hauptsache 100 Mark. Und dann war auch die alte Stab-

hochspringerin da, na bitte. Zusammen ist sie gekommen mit einer Schulklasse, Abiturschulklasse, die hatte sie als Publikum mitgebracht. Ich bestellte erst mal ein Bier. Wurde 30 Minuten ignoriert, aber dann bekam ich nach viermal nachfragen sogar ein kleines Bier in einer grünen Flasche, wo doch jeder weiß, dass man aus grünen Flaschen nie ein Bier trinken darf. ›Aber naja‹ dachte ich mir, ›das is eben Kunst. Das machste mal mit. Is ja auch ganz lustig irgendwie.‹
Und schon gings los. Ein Feuerwerk von Darbietungen. Alle Register wurden gezogen. Und die ersten Gäste gingen auch schon wieder. Die Schulklasse fand irgendwas lustig, aber wahrscheinlich was anderes, schätze mal aus ihrem Alltag eventuell. Und nach dem zweiten kleinen grünen Bier gabs dann auch für uns keine Getränke mehr. Außer man stopfte dem Drachen 4 Mark 50 für die kleine grüne Plärre in den Rachen. Ja. Die Sportlerin hielt, was sie versprach. Sie erzählte 'n Schlach von früher vom Stabhochsprung. Und bei dem Dompteur, dem seine Tiere waren plötzlich weg, aber der machte dann was anderes. Und als ich dann dran war, da spürte ich schon: ›Junge, Junge, das ist heute wirklich Kunst, den Abend irgendwie rumzukriegen und auch später, wahrscheinlich, den wieder zu vergessen.‹ Und so war es dann auch. Einer klatschte tapfer. Die Schulklasse machte sich über meinen Pullover lustig und beim Singen brach mir die Stimme weg. Aber egal, immerhin 100 Mark. Na gut. Is ja auch was. So kurz vor Weihnachten. Ich schrieb dann noch meine Kontonummer auf, und der Dompteur versprach, falls er wirklich etwas kriege, die Volksbühne zicke da immer so rum und die Einlasserin an der Tür, die hätte da vorhin auch schon so was Komisches gesagt, jedenfalls, dann, dann würde er mir auch ein Drittel überweisen im nächsten Jahr. So war es dann doch noch ein schöner Abend gewesen, nach dem ich mir zuhause erstmal richtig die Kante gab und mir schwor, das

mit dem Aufgeben der soliden Fabrikarbeitsstelle in Marzahn noch mal gründlich zu überdenken.

Heldenhafter Widerstand gegen sexistisches Frauenbild in der Literatur

Lange Beine, dicke Brüste
Ebenbild geheimer Lüste
volle Lippen, kurzer Rock
für jeden Opa glatt ein Schock
leichte Frau, sie will mich bitten
lockt mich ran an ihreTitten
spinn ich, wach ich oder träum ich
meint die Sünde wirklich mich
kurz und knapp
ich lehne ab
bin ich prüde?
nee, nur müde.

Theaterkritik (I)

Gestern machte ich mich mal wieder auf, ein Theater zu besuchen. Das letzte Mal lag schon ungefähr sechs Jahre zurück. Weiß ich gar nicht mehr, was ich mir damals angeguckt habe. Irgendwas mit Blut und Sperma wird's schon gewesen sein. Volksbühne wahrscheinlich. Is ja auch egal. Jedenfalls dachte ich, nuja, kann man ja ma wieda, muss man ja nich gleich sonstwas erwarten, wird schon, oder so ähnlich. Das Stück sollte ›Shoppen und Ficken‹ heißen, oder wie mein lustiger Kollege Bov Bjerg* wortspielerte ›Foppen und Chicken‹. Versprach ja wieder einiges, wenn nicht gar Blut und Sperma. Meine Mutti meinte am Telefon, ich sollte mir mal lieber im Kino ›Shakespeare in Love‹ angucken, der hätte sogar paar Oscars gekriegt. Aber Shakespeare, ach nö, der hat doch immer über so schwierige Sachen geschrieben, und dann auch noch in so 'nem Uraltdeutsch, bestimmt anstrengend und dann auch noch in Love. Nö, da hatte ich keine Lust drauf. Außerdem lagen die Karten für ›Shoppen und Ficken‹ schon zuhause rum. Die halten ja auch nich ewig. Wir waren zu viert fürs Theatergehen bereit. Die anderen drei fuhren Fahrrad hin, ich nicht. Ich lief durch den strömenden Regen mit nur Sandaletten an, weil ich Fahrradfahren hasse, ich fall immer auf die Schnauze und brech mir dabei meistens sämtliche Knochen. Einige meinen ja, ich sei ziemlich ungeschickt, ich sage, die Gesellschaft ist schuld. Basta! Jedenfalls ein total beschissenes Wetter, die Autos spritzten immer dreckige Wasserwellen über mich drüber. Der Schirm war auch kaputt. Er war wie ein Trichter mit inner Mitte 'nem Loch. Wo dann alles wie ein Fluss sich über mich ergoss. Über meinen Kopf. Ich hatte auch noch Magen-Darm-Grippe. Und Fieber. Es war kalt.

Zu Fuß brauchte man zur Deutschen-Theater-Baracke schätzungsweise Viertelstunde. Aber wenn das Wetter schlecht war mindestens das 3fache. Ich war der einzigste auf dem Fußweg außer Dreckstölen und versprengten Omas. Trotzdem hatte ich einigermaßen gute Laune. Ich bin eben ein fröhlicher Zeitgenosse. Nachdem ich mich verlaufen hatte, war ich dann pünktlich da. Nanu, es hatte noch gar nicht angefangen. Man konnte noch 'n bisschen draußen im Regen warten. Die andern drei kamen auf ihren Fahrrädern herangebraust. Sie hatten noch schnell in einer örtlichen Spelunke Schnaps gesoffen. Schnell als wir drin waren, bemerkten wir, dass es nur noch vier freie Stühle gab. Aber die reichten auch immerhin für die vier, die wir waren. Um uns herum saß die vollständig anwesende Humboldt-

Universität. Samt Professoren, Klienten, Doktors und Praktikantinnen. Sie tuschelten aufgeregt und waren gespannt. Zu trinken gabs drinnen nichts, aus Sicherheitsgründen, naja. Das Stück fing an und es war sehr gut. Die einzigste Frau, die schauspielerte, hatte apfelförmige Brüste, die sie einmal entblößte, was mich irgendwie erregte. Zum Glück bemerkte meine Freundin nichts. Die anderen auf der Bühne waren alle schwul und fickten sich ständig in den Po. Einmal sogar mit einem Messer. Dabei kriegte ein Publikumsgast einen epileptischen Anfall und musste armrudernd hinausgetragen werden. Das störte aber nicht besonders. Vor mir auf den Plätzen saß eine lesbische Klischeepärchenkarikatur, die knutschten sich immer total provozierend. Zum Glück waren wir ja im supertoleranten Berlin. Ich musste unwillkürlich ein wenig in mich hineinlächeln. Den Abschlussapplaus konnte man durchaus als tosend einstufen. Es war aber auch ein gutes Stück, durchaus empfehlenswert. ›Shoppen und Ficken‹ in der DT-Baracke. Wahnsinn auch, dass der Typ, dem sie immer mit dem Messer ins Popoloch reingestochen hatten, zum Schluss bei der Verbeugung eine dermaßen gute Figur machte, abgab, hinlegte.

Theaterkritik (II)

War gestern im Theater. Ein Action-Stück mit brutaler Gewalt, abartigen Perversionen, aber ziemlich subtil. Auf der Bühne lag eine Pornokassette namens ›Der Votzenknacker‹ herum. Vieles sprach dafür, dass es sich nicht gerade um eine Boulevardkomödie handeln sollte. Soviel schon vorab, war's auch nich. Der Titel, unter dem alles lief, ›Shoppen und Ficken‹. Oder für die des Englischen Unkundigen ›Einkaufen und körperliche Liebesbetätigung unplatonischer Art‹. Ich musste schon vor Beginn des Stücks dringend pullern, verkniff es mir aber, warum weiß ich auch nicht mehr. Leider beeinträchtigte das doch empfindlich meine Konzentrationsfähigkeit. Es ging wohl um die Gesellschaft. Alle waren potenziell drogenabhängig und der ganze Konsumterror war schuld. Aber trotzdem sang die Hauptdarstellerin betörend schön. Diese starke und doch zerbrechliche Stimme. Dieses tiefe Timbre, das sich in schwindelerregende Höhen hinaufkatapultieren, bedarfte, manchmal. Diese apfelförmigen Brüste. Ein gelungenes Lied schon zum Anfang. Soviel vorweg, es wurde noch besser. Kurz vor der Pause rutschte ich schon unruhig auf meinem Stuhl herum. Es hätte nicht viel gefehlt und ich hätte eingenässt. Das turtelnde lesbische Pärchen vor mir konnte davon natürlich nich die Bohne ahnen. Sie waren viel zu sehr mit ›an den Ohren knabbern‹ beschäftigt. In der Pause dann bestürzte Gesichter, betroffene Mienen. War das wirklich unsere Gesellschaft, die hier vorgeführt wurde? Ja, das war sie. Mit heruntergerissener Maske. Nackt und hässlich, wie sie ist. Außer die mit den apfelförmigen Brüsten, die is nicht hässlich. Ich ging erstmal strullern. Soviel Zeit musste sein, es dauerte die ganze Pause. Nach der Pause wurde der Gesellschaft noch schonungsloser die Maske heruntergerissen. Brutal, aber richtig. Ein Klassenfeind erlitt einen epileptischen Anfall. Traurig aber konsequent. Neben mir die eine Frau schaute nur noch nach unten. Lag da vielleicht irgendwas? Oder schämte sie sich, dass sie eingenässt hatte? Tja, Damenblasen sind nicht gleichermaßen belastungsresistent als wie bei mir. Doch nichts dergleichen. Irgendwann schrie sie: »Verdammt«, und rannte heraus. Eine bürgerlich dekadente Trotzreaktion eventuell. Zum Schluss wurde jedenfalls noch um die Wette in den Po gefickt, dass dem herrschenden System glatt die Spucke wegblieb. Dem Wetter draußen leider nicht. Es goss wie in Strömen, als ich nur mit Strümpfen und Socken bekleidet durch die Nacht drei Fahrrädern hinterherrennen musste. Wenn wir erstmal eine bessere Gesellschaftsordnung haben, mach ich sowas auf jeden Fall nicht mehr. Soviel unterdessen schon vorab, es war ein sehr gutes Theaterstück. Eben halt ›Shoppen und Ficken‹ in der DT-Baracke.

Beim Spezialarzt

Dienstag früh kurz nach Mittag. Ich in der Straßenbahn Richtung Spezialarzt. Man hatte bei mir einen Herzfehler festgestellt. Und um diesen Herzfehler richtig zu diagnostizieren, musste ich natürlich nach Friedrichshain in die Gegend um den Bersarinplatz. Dort hatten sich schon seit Alters her die berühmten Spezialärzte mit ihren verschiedensten Apparaturen und Geräten niedergelassen. Selbst aus dem fernen Syrien war einer da. Herr Müller hieß er. Ein seltener Name, zumindestens in Syrien. Genau zu dem Herrn Müller musste ich auch. Er war eine echte Koryphäe, natürlich. Auf seinem Gebiet. Einer syrischen Abart der Herzfehlerdiagnostik. Schade, ich war etwas zu früh da, es blieb mir noch ein wenig Zeit. »Hör mal«, sprach ich zu mir selbst, »die Vögel. Sie singen wunderschön.« Genauso war es. Die Vögel sangen ein wunderschönes Lied vom Sommer. Es hieß ›Sommer in der Großstadt‹. Ich kannte es bisher nicht, denn seit kurzem hörte ich kein Radio mehr. Ich hatte es kaputtgeschmissen wegen dem ganzen Dreck, der da immer zu hören war. Ich hatte ja keine Ahnung, im Prinzip, von aktueller Musik. Doch die hier klang wirklich gut. Man merkte, dass die Vögel ein Interesse für Melodien ihr Eigen nannten. Obwohl ja natürlich in Wirklichkeit gar kein Sommer war. Es regnete nämlich Eis vom Himmel. Es war Frühling. So, jetzt war es aber Zeit, genug gelauscht, ich besaß ja einen wichtigen Termin, es ging um Leben und Tod von mir. Schade, ich war ja noch jung, wenn ich jetzt wirklich schon sterben muss, aber egal, der Tod wartet nicht, was sein muss, muss sein. Ebenso wie der Tod wartet auch die syrische Arztkoryphäe Herr Müller nur ungern. Böse haute er mit einem medizinischen Instrument den ungeduldigen Takt des Ungeduldigen gegen die Wand. Doch es war nicht wegen mir. Jemand vor mir war einfach nicht gekommen. »Den Arsch werde ich umbringen«, röchelte der Herzspezialist gnadenlos vor sich hin. »Guten Tag, Herr Dr. Müller«, begrüßte ich ihn. »Bin kein Doktor.« Aha, nun gut. Titel sind ja auch bekanntermaßen Schall und Rauch. Ich musste mir jedenfalls die Hände waschen, und eine betont korpulente Schwester, vollständig in erlesene Tücher gewickelt, führte mich dann ins Labor oder was das war. An der Wand hing ein Bild. Etwas schief für meinen Geschmack. Aber ich war ja hier nicht als Ästhet anwesend, sondern als Patient. Das ist ein Unterschied. Der wurde mir dann auch schnell klargemacht. Ausziehen sollte ich mich, vor den Augen der dicken Schwester. ›Wer weiß‹ dachte ich bei mir ›vielleicht hat sie ja noch nie in ihrem Leben einen nackten Mann gesehen?‹ Aber wiedermal hatte ich keine Ahnung von Syrien. Wie mir später noch ein gutes Buch berichten sollte, bekommen in diesem arabischen Land kleine Mädchen bereits kurz nach der Geburt haufenweise nackte Männer vorgeführt, damit sie später nicht mit blöden Fragen nerven. Doch das war mir in dem Augenblick nicht so bewusst.

Ich musste mich auf so was Ähnliches wie einen Tisch legen. Der war sehr kurz. Eigentlich passte außer meiner Brust kaum was rauf. Der dicke Bauch fiel fast runter und der Po lag unten auf dem Boden. Egal. Es ging schließlich um Leben und Tod. Die Koryphäe war auch schon da. Beherzten Griffes umschloss er mit einer seiner gewaltigen Pranken mein Herz. Presste dreimal kräftig und bohrte noch irgendwie mit seinem Daumen drin rum. Dazu murmelte er vernehmlich auf syrisch. Ich verstand etwas, das wie »achallah« klang. Naja. Scheinbar war alles halb so schlimm.

»Kein Kaffee mehr«, gab er mir zu verstehen und zog als Warnung meine Ohrläppchen diametral auseinander. Junge, Junge, ein Meister seines Fachs. Ich kann ihn euch nur empfehlen. Wenn ihr Probleme mit euerm Herz habt oder auch Schnupfen oder Füße, Thaerstraße 47, Nähe Bersarinplatz, Friedrichshain, Praxis bei Herrn Müller ohne Doktor und auf Pünktlichkeit achten. Bitte!

Gerd hatte was Schlimmes an seinem linken Oberschenkel trotzdem machte er nicht den Eindruck, als ob er bald sterben müßte.

Kindergeburtstag

»Kindergeburtstag, das ist ein Tag im Leben eines Kindes, das dieses so schnell nicht vergisst.« So steht es geschrieben in dem unbedingt für jedes Elternteil äußerst notwendigen Erziehungsbelehrbuch der Frau Fürstin von Zuck und Dimmsenstein, das diese, zum Glück, im Jahre 1976 herausgegeben, geschrieben, gebracht hat. Da steht auch noch drin, dass sich der Vater am Abend, wenn die Mutter das Abendbrot zubereitet, ruhig mal eine Stunde mit sei-

nem Kind beschäftigen könnte, und dass die Mutter, nachdem sie früh Mann und Kind mit Essen versorgt hat, sich ebenfalls eine Stulle gönnen sollte. So tolle Tips braucht man schon ab und zu, denn dadurch bleibt die Familie in Schuss, der Haussegen steht grade wie 'ne Eins, und außerdem hat man was zu lachen. Jedenfalls war eines Tages plötzlich Kindergeburtstag angesagt. Von Milan*, einem kleinen Racker aus der Umgebung. Er wurde zwar erst lächerliche vier Jahre alt, aber egal, wenn sonst nichts los ist, na und, dann gehen wir eben hin, ist doch nich so schlimm, das könnte euch auch mal passieren, is ja schließlich auch ein Tag, den er so schnell nicht vergisst. So.
Da waren wir also in einem Haus. Ich hatte auch ein Kind mit, sonst kommt man sich ja irgendwie blöd vor, auf so 'nem Kindergeburtstag. Die Kinder konnten prima zusammen in einem Raum sein und schreien. Die Tür war zu. Da hörte man das nich so doll. In der Küche gabs kleine Bulletten mit Senf und Kartoffelsalat. Und noch mehr. Also Schrippen, Kuchen, Hering und falsche Tofuwürstchen. Zu trinken auch, war auch auf'm Tisch, toll, das war ja ein Ding, ein guter Kindergeburtstag. Ich aß gleich sehr viel, weil wer weiß, wie lange ich überhaupt noch lebte, und wenn ich schon starb, dann wollte ich auch einen großen Sarg für dicke Leute.
Einer von den andern Vätern, der Einzigste außer mir, holte verschmitzt eine Videokassette aus seiner Aldi-Tüte. »Für nachher«, sagte er »damit die Zwerge auch was haben«. Es war der Film ›Batman im Kampf gegen die schrecklichen Monster‹, ein ansprechender Film, für Kinder ab drei Jahre, der da in der Kassette drauf lauerte, in den Fernseher reinhopsen zu können. Gute Idee, fand ich, damit die Kinder auch mal sehen, was so in der Welt sonst noch so los ist. Und dazu konnten sie ja auch noch Schokolade essen, dass würde bestimmt ein unvergessliches Erlebnis werden, von dem sie noch lange weitererzählen werden, anderen

Kindern, und auch von träumen und so, was für später zum Aufarbeiten. Und wie sie sich freuten, die kleinen Wonneproppen. Ich hab dann so gegen halb zehn meinen Sohn wieder mit nach Hause genommen. Bei dem einen Kind, das mit den ausgerissenen Haarbüscheln, das war dann auch eher halb so schlimm, das konnte wieder draufgepappt werden, und das Mädchen, das aus Versehen in den Spiegel gefallen war, von dem die Mutter, die bezahlte das dann noch, gut, der Fernseher, der war endgültig Schrott, und ein kleiner Racker hatte auf Bela seine Schallplattensammlung gepullert, aber alles in allem, wenn mans so nimmt, ein gelungener, ein überaus fetziger Kindergeburtstag, so wie ihn sich Frau Fürstin von Zuck und Dimmsenstein sicherlich gewünscht hätte, damals in ihrer Kindheit, die immer nur ätzend langweilig gewesen is, wie auch alles, was danach kam.
Die gute Frau, aber wenigstens hat sie noch ein Buch geschrieben. Da kann sie immerhin mindestens drauf stolz sein.

Auf dem Weg nach unten (XII)
(Wieda da)

Bin wieder auf Arbeit. Schön hier. Hat sich in den letzten drei Wochen kaum was geändert. Sommer isses geworden. Die eine Chefin hat Urlaub, die andere ist zumindest körperlich anwesend. Ein paar neue Kollegen sind da, die manchmal keinen Platz zum rumsitzen mehr finden. Ich kann mich wieder meiner Lieblingsbeschäftigung widmen, nämlich auch rumsitzen. Hach, rumsitzen is so schön. Einfach rumsitzen, ab und zu ein Stück Kuchen essen, aus dem Fenster gucken und erleichtert feststellen, dass der Rasen grün ist und sogar ab und zu 'n bisschen wächst. Den Kopf zurücklehnen, debile Melodien pfeifen und sich freuen, dass man es so gut erwischt hat. Viele werden ja auf ihrer Arbeit ausgebeutet, bis sie verkrüppeln. Ich verkrüpple höchstens in meiner Freizeit. Da lauern die Gefahren, die Arbeit ist ein sicherer Hort. Hach ja, rumsitzen. Den Tag anfedern lassen, durchrollen lassen, ausschwingen lassen. Von Januar bis Dezember. Was mir in der DDR nie vergönnt war, im Arbeitsleben der Bundesrepublik Deutschland kann ich ihn genießen. Den real existierenden Sozialismus von seiner angenehmsten Seite. Rumsitzen. Von Zeit zu Zeit alte Luft aufstoßen. Über den Sinn des Lebens nachdenken. Hat der Mensch das Gleichgewicht der Natur durcheinandergebracht? Ist die Natur jemals im Gleichgewicht gewesen? Sind Meteoritenschwärme, die die Atmosphären anderer Planeten zerstören, qualitativ besser als ein von Menschen inszenierter Atomkrieg? Oh, du wundervolles Rumsitzen. Man könnte rausgehen und auf dem Betriebshof Sauerampfer pflücken. Man könnte die Kollegen zu Mittag mit einer selbstgekochten Sauerampfersuppe verwöhnen. Man könnte aufstehen und alle auffordern, sich bei den Händen zu fassen, um für den Frieden zu meditieren. Aber mindestens genausoschön ist es auch sitzenzubleiben und vor sich hinzudösen.

Denn eher als man denkt, naht, mit hinterlistigen Tippelschrittchen, bedrohlich und unaufhaltsam der Feind und natürliche Gegner der Rumsitzidylle, der Feierabend.

Die Zeit ging einfach weiter

Tatü-tatü. Ein Polizeiauto rast einsam über die Straße. Es hat was Wichtiges zu tun. Es muss einen Mörder fangen. Einen äußerst brutalen Mörder. Nämlich den Fritz. Fritz den Mörder. Mörderfritz. Der brutale Mörderfritz. Fritz, der einfach

einen umgebracht hat wegen Geld. Wegen 100 Mark. Dabei hat er die noch nich mal unbedingt gebraucht. Er hatte eigentlich noch genuch in seiner Hosentasche. Auch 100 Mark. Das hätte er doch nicht machen müssen, der arme Mann, der jetz gestorben is, umgebracht von Mörderfritz für 100 Mark. Er hätte noch leben können, der arme Mann. Er hatte Frau und Kinder. Das sagte er auch, nur es interessierte Fritz nich besonders. Fritz wollte kein Risiko eingehen. Schließlich hatte der Typ ihn gesehen, und so 'ne Visage wie die von Mörderfritz vergisst man nich so schnell. Wegen 100 Mark, das muss man sich mal vorstellen, hat er ihn umgebracht. Einfach gehauen, mit der Faust ins Gesicht, total doll. Tot, bumms, umgefallen. Licht aus in dem Kopf von dem Mann, der jetzt tot war. Ausgelöscht sein Leben. Mörderfritz, der brutale Hund. Ein Mörder war er jetzt. Ja, ein toter Mann lag plötzlich auf der einsamen Straße mit 100 Mark weniger drin in seinem Portemonnaie. Die steckten jetz bei Fritz in der Hosentasche, unglaublich, wegen so'n bisschen Geld war er nun also zum Mörder geworden. Und er floh um die Ecke rum, wie der Blitz am Zeitungskiosk vorbei, wo die Schlagzeilen bedrohlich blinkten. Man ahnt schon welche Schlagzeilen da morgen blinken würden. »Brutaler Mörderfritz, wegen 100 Mark, Mord«. »Entsetzlich, es war Mörderfritz, Mord, Wahnsinn wegen 100 Mark!«
Wie nichts is Fritz vorbei da. Er weiß genau, er muss weg. Er ahnt schon, dass sie ihn suchen werden wegen dem Mord. Es könnte sein, dass er sein Ausweis hat fallenlassen, bei dem ganzen Durcheinander, als er dem da die Faust voll ins Gesicht gehauen hat bei dem Mord. Und wenn sie seinen Ausweis hatten, da stand sein Name drin und sein Foto mit seiner Visage, das war da auch drin. Und wenn sie seinen Ausweis hatten, dann war klar, sie würden ihn suchen wegen dem Mord. Ihn, Fritz, der jetzt ein Mörderfritz war. Wegen 100 Mark. Er musste hier weg. Es war

wie in ›Lola rennt‹*. Nur dass es nicht um Lola ging, sondern um Fritz. Und auch nur wegen 100 Mark. Mörderfritz. Er rannte und rannte, hinter ihm das Polizeiauto war schneller. Es kam immer näher. Tatü-Tata. Es war ein anderes Polizeiauto. Es suchte gar nicht Fritz. Es wollte nur schnell nach Hause, darum die Sirene. Fritz wollte nich in 'n Knast. Er dachte, dass das nichts für ihn sei. Fritz, der Mörderfritz, Fritz. Er wollte ein Zeichen setzen. Egal wegen was. Er hatte jetz keine Zeit zum Nachdenken. Das Polizeiauto, es war total Schrott. Was wollten die auch so schnell nach Hause. Zu spät. Mörderfritz tot. Die Bullen total schockiert. Was war denn das? Ein tragisches Missverständnis. Tatü-Tatü. Da kam das andere Polizeiauto. Das den Mörder fangen will. Es weiß schon, was los ist. Wegen Funkverkehr. Hightech bei der Polizei. Es hat bereits bei der Straßenreinigung Bescheid gesagt. Wahnsinn. Alles wegen 100 Mark. Warum nur? Mörderfritz. Altes Haus. Die Zeit ging einfach weiter.

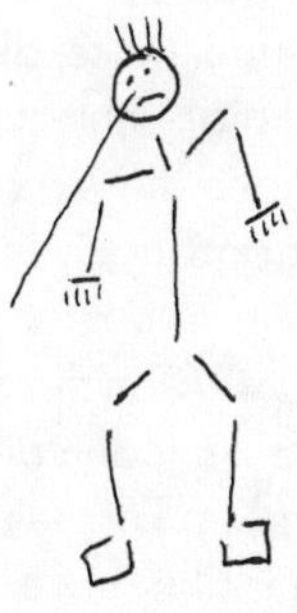

Arnold Jankwetzky wollte mal, wie sein berühmter Namensvetter Arnold Schwarzenegger, Actionschauspieler werden. Wenn nur seine Nase nich so verdammt lang wäre!

Ein schöner Abend

Es ist acht Uhr abends und mein Herz schlägt müde vor sich hin. Tok tok, tok tok, tok tok. Wochenende. Der Bär tanzt in der Stadt. Stampfende Beats, flackerndes Neonlicht und so. Schrille Cabrios wetzen durch die Straßen. In ihnen leicht bekleidete Girls und Boys mit entstellten Grimassen. Tonnenweise Tusche im Gesicht und bis zur Unkenntlichkeit gepierct. Sie zucken cool im Takt der Musik.

Ich sitze am Tisch und zucke gar nicht. Mein Herz schlägt, Tok tok, tok tok, tok tok. Vor mir auf dem Tisch steht nichts. Ich konnte mich nicht entscheiden, was ich aus dem Kühlschrank nehmen sollte. Den Schnaps oder die Wurst, oder beides? Da hab ich eben alles drin gelassen. Heute wollte ich ja eigentlich die Sau rauslassen. Irgendwo auf die Kacke haun. Dass es spritzt. Aber ich bin irgendwie so müde. So schrecklich müde. Boh, man ey bin ich müde. Ich werd mal in so 'ne Zeitung gucken, was so los ist. ›Nee, was is das denn? Nee, darauf hab ich keinen Bock. Aha, Musik. Naja, andermal vielleicht. Scheiße! Nee! Öh, das is doch blöd. Öh, nee. Iiiie! Das hätt ich mir ja nich mal als 17-jähriger angetan. Mal auf der andern Seite gucken oder in der andern Zeitung. Oder gar nich. Ja, nee, lieber gar nich. Ach nehm ich mir jetzt den Schnaps aus dem Kühlschrank. Oder die Wurst? Ich nehm mal beides raus.‹

Ich nehm mir also beides raus, also den Schnaps und die Wurst, gieße etwas Schnaps in eine Tasse und tunke die Wurst da rein. ›Mmmh schmeckt gar nich mal schlecht, würzig.‹ Der Schnaps ist bald darauf alle, aber die Wurst noch nicht. Ich überlege kurz und geh mir dann noch 'ne Flasche Schnaps im Spätkauf holen.

Unterwegs sausen die Partyleute an mir vorbei. Manchmal winke ich kurz, aber meistens nicht. Ich hab es jedenfalls noch geschafft, die Wurst alle zu kriegen. Und im Fernsehn kam, glaub ich, irgend sone alte Serie aus Amerika, wo die immer alle lachen. Die war zwar auch nicht lustig, aber ich hab dann, glaub ich, auch schon irgendwie geschlafen wahrscheinlich, glaub ich jedenfalls, und so isses dann doch noch ein schöner Abend geworden.

Humppa, Humppa!

Manche Abende hinterm Bartresen enden auf eine Art und Weise, die nicht die unbedingt allerschönste ist. Ein Gast versucht noch fünf Minuten, bevor man den Laden dichtmacht, beim Kotzen die Kloschüssel zu treffen, verfehlt sie dann aber praktisch um Haaresbreite. Jemand erinnert sich just in diesem Augenblick daran, dass vor rund drei Stunden beim sechsten Wodka oder so, dass er da auf jedenfall zehn Mark Wechselgeld zu wenig wiedergekriegt hätte, und eine Frau weigert sich beharrlich nach Hause zu gehen. Sie werde hier schlafen, da könne ich auf sie einreden, so viel ich wolle, sie werde ihre Meinung nicht ändern. Ich könne auch ruhig abschließen.
Irgendwie schafft man es dann, die Kotze zu überreden in den Eimer zu hüpfen und die andern beiden Gäste in den Hafen der Ehe zu bugsieren, aber dass dies leicht wäre kann ich wirklich nicht behaupten.
Sonnabend mittag um 12. Der Wecker explodiert. Glaube ich wenigstens, so weh tut es in meinem Kopf. Gerade mal 4 Stunden Schlaf und die Hölle von gestern, ach Schwamm drüber oder Schwamm drauf, auf die Stirn. Ja, das tut gut. Schließlich muss ich fit sein. Wollte noch saubermachen. Man kann ja nich mehr unterscheiden, wo welches Zimmer anfängt. Hab ich eigentlich mehr als eins und wo war denn nur die Tür? Mal Jero* fragen, der soll sich ja bestens auskennen in der Gegend. Apropos Jero, den sollt ich ja aufwecken, *bevor* ich aufwache. Na geht wohl schlecht, wahr-

scheinlich danach. Weil wir ja heute nach Friedrichshagen müssen, zu diesem Ska-Konzert. Vorlesen. Verrückte Idee! Aber was macht man nich alles, um einmal richtig vom wütenden Mob von der Bühne gejagt zu werden. Vielleicht sollte ich wieder diese ellenlange und vollkommen unverständliche Geschichte ›Plusquamperfekt in Ungarn‹ vortragen, da hätte es bei so 'nem Rockabilly Konzert beinah mal geklappt. Ach, ich lass mich doch lieber scheiden. Moment mal, ich bin gar nicht verheiratet. Ich bin wohl verrückt geworden. Na, ich ruf mal Jero an, um ihm das zu sagen. Jero hebt im Schlüpper den Telefonhörer ab. Ich kann ihn zwar nicht sehen, aber ich weiß es genau, ich kann es mir nämlich vorstellen. Er ist grade aufgestanden. Er sagt: »Ja.« »Hallo Jero. Hier is Ahne. Ich wollte dich wecken und bin verrückt geworden und wir müssen ja dann auch bald nach Friedrichshagen.« »Ach ja, kommste noch hoch und trinkst 'n Kaffee mit?« Jero wohnt nämlich lediglich ein Stockwerk über mir, aber weil er die Wohnungstür nie öffnet, wenn er nicht genau weiß, wer draußen steht, telefoniere ich lieber. »Nee du, ich räum mal schnell noch meine Bude auf.« »Du meinst, deine? Deine eigene?! Die meinst du?!« »Genau.« »Dann kommst du also nich mit nach Friedrichshagen?« Ich legte den Hörer auf. Schon die Staatssicherheit hatte sich seinen Humor nicht einfach bieten lassen, warum sollte ich es dann tun?! Voller Elan ging ich ans Werk. Putzte mir die Zähne. Stellte die Zahnbürste ordnungsgemäß zurück in den Zahnputzbecher und sagte: »Guten Morgen Deutschland.« Das sage ich öfter, wegen dem Ruck. Dann legte ich die Reihenfolge fest, mit derer ich die urgewaltigen Müllberge bekämpfen wollte. Das Grobe vielleicht mit der Schaufel in so Mülltüten. Für hartnäckige Sachen die Spitzhacke. ›Oh was hatten wir denn da!? Ein Foto aus uralten Zeiten. Wie war das denn an die Oberfläche geraten? Nein, noch in Schwarz-Weiß geknipst.‹ Bald fand ich noch eins und noch eins. Es war die reinste Schnitzeljagd. Eine

Reise durch die Vergangenheit. Dann war es halb drei. Wir mussten los nach Friedrichshagen. Um drei sollten wir den Herrn Gläser* abholen, und ich hatte noch nich mal Frühstück. »Hallo«, rief ich in den Kühlschrank »Is da was?« Sicher antwortete mir so einiges, doch Lebensmittel, die sprechen können, sind mir suspekt, ich beschloss hungrig aufzutreten. Vielleicht würde ja unterwegs eventuell eine Bockwurst möglicherweise vorbeigeflogen kommen. Oder dann abends. Schließlich hatten wir soziale Marktwirtschaft. Ich stieg also die Treppe hoch zu Jero und klingelte und klopfte und trat gegen die Tür und kurz vor drei öffnete auch jemand. Es war Jero. In Schlüpper und T-shirt. Er war sauer. »Was is denn?« »Wir müssen los, Jero. Andreas hat schon angerufen und gefragt, warum wir nich schon weg wären.« »Hättste doch gesagt, dass wir schon unterwegs sind.« »Ja, naklar, und die Stimme, die ihm das sagt, die is nur so hier auf Band aufgezeichnet und deshalb können auch keine weiteren Fragen. Piep! Los jetzt! Zieh dich an!« »Na is ja schon gut, ich geh bloß noch kacken, dann komm ich runter.«

Eine halbe Stunde später saßen wir dann im Auto. Jedenfalls nannte Jero dieses Gefährt entsprechend. Es war so ein Kleintransporter. Vorne zwei Sitze, auf denen Verena und Jero Platz nahmen, hinten eine Ladefläche, die den Literaten auserkoren wurde. Kein Sitz, keine Decke, kein Kissen drin. »Machs dir gemütlich«, höhnte der Fahrer und drehte zu allem Überfluss das Radio auf volle Pulle. Ein Knirschen und Scheppern erklang. Man konnte nich genau heraushören, ob das jetzt ein Lied oder die Nachrichten waren. »Stell doch mal den Sender richtig ein!« maulte ich von hinten. »Der Sender is o. k., die Boxen sind hinüber.« Er hatte wahrscheinlich einfach nur keine Lust sich zu unterhalten. Wir fuhren die Lottumstraße hinunter, bogen rechts in die Schönhauser Allee, dann am Rosa Luxemburg Platz rechts in die Torstraße, am Rosentaler Platz rechts in die Brunnen-

straße, am Weinbergswegpark rechts in die Veteranenstraße, am Zionskirchplatz rechts in die Fehrbellinerstraße über die Kastanienallee rüber und waren bereits nach circa zwanzig Minuten in der Choriner Straße. Dazu muss man wissen, dass die Lottumstraße direkt in die Choriner mündet, also man zu Fuß von unserm Haus ein paar Sekunden gebraucht hätte. Mit dem Auto nur ein Bruchteil davon. Doch Jero hatte schon mit dem Untergang des real existierenden Sozialismus recht behalten, wer wollte ihm Vorhaltungen machen. Auch dass wir von der Choriner wieder auf die Schönhauser fuhren, Erdnüsse, Hauptsache die Welt geht nicht unter.
Andreas Gläser, Skinheadschriftsteller und Psychotherapeut des BFC Dynamo*, wohnte in der Schwedter Straße direkt am ehemaligen Mauerstreifen. Die Mauer war weg, dafür jetzt ein Kinderbauernhof, ansonsten hatte sich hier nicht viel verändert. Es gab weder Milchcafés noch Dönerbuden, dafür goldene Hausnummern sowie Omas und Opas die aufgestützt auf ihre Fensterbrettkissen unbeirrt in den Westen guckten. Und trotzdem war auch dies noch Prenzlauer Berg. Wahnsinn!
Der Bauarbeiter und Toupetverächter Gläser Andreas alias Jan Schlendrian alias Baufresse erzählte uns, dass er der Wende in der DDR und der deutschen Vereinigung viel zu verdanken hat. Schließlich konnte er so vom Hinterhaus ins Vorderhaus umziehen und überhaupt. Das Stalinbild an seiner Tür hatte er jedenfalls entfernt. Der Oma aus dem zweiten Stock, die ihn deswegen als Hitlerkommunisten bezeichnete, war ein politischer Gegner abhanden gekommen. Aber man konnte nicht immer nur Rücksicht nehmen. Es musste ja auch mal ein Ruck durch Deutschland gehen.

Andreas hatte sich unter Auto ebenfalls was Anderes vorgestellt. Sein Kommentar: »Das wird 'ne fette Geschichte geben.« Jero machte daraufhin den Boxenkrach noch lauter.

Wir fuhren wieder, in einem Fahrstil, den man als eine Mischung aus Achterbahn und Buckelpistenrennen bezeichnen konnte. »Wie kommt man eigentlich nach Friedrichshagen? Über Treptow, Karlshorst, Köpenick?« »Gibts da keine Autobahn?« warf ich amateurhaft in die Runde. Keiner besaß Ahnung. »Ich fahr mal zu 'ner Tankstelle und da gucken wa in 'n Plan.« Jero hatte die rettende Idee, nur leider kannte er lediglich eine Tankstelle in Berlin und die lag in der Prenzlauer Allee. Also wieder zurück. »Wann ist das Konzert eigentlich zu Ende?« So eine dumme Frage wollte niemand hören. An der Tanke gleich den Plan gekauft, lächerliche 24,80 DM, dazu Cola und 'ne BZ*. Wenn uns auf der Bühne nichts mehr einfallen sollte, könnten wir wenigstens die Bilder von der hochschwangeren Madonna, die sich mit dreckigem Morast einreibt, zeigen. Außerdem brauchte man sich so nicht mehr auf die Straßensituation zu konzentrieren. Diese galt als kompliziert in Jeros Augen. Die BVG-Busse hatten zuviel PS, die konnte man nicht rammen und überhaupt, unser Vehikel war leider kein Panzer sondern eher eine motorisierte Fischdose.
Das Naturtheater Friedrichshagen lag in der Bölschestraße, 200 Meter vom S-Bahnhof entfernt. Aufgemalte Pfeile sollten uns den Weg weisen. Die gab es aber nicht. Dafür kamen ein paar Kurzhaarige über die Fahrbahn geschlendert, die uns bereitwillig Auskunft gaben. Also die Bücher in den Rucksack und los. Trotz sechs Stunden Fahrt war der Tag erst sagenhafte 17 Uhr alt, als wir die Eingangspforte passierten. Wir mussten Waffen und Drogen* an der Kasse abgeben und schon war'n wir drin. Wer aus DDR-Zeiten den Flohmarkt in Woltersdorf noch kennt, der kann die Atmosphäre in etwa vergleichen mit dem 2. Köpenicker Skunk-Ska-Reggae-Festival Aposkalypse in Friedrichshagen. Schön im Wald gelegen, überall Stände, Gesottenes, Gebratenes, Schallplatten, Bier und Krempel. In der Mitte ein Amphitheater, auf dem schon eine sicherlich nette Nach-

wuchsband ihr Können präsentierte. Das Publikum bestand zu einem Drittel aus Skinheads, einem Drittel Punkern, sogar richtig echte, harte Punker waren dabei, und einem Drittel Rest. Wir trafen Martin von der Martin Bande und die Frau vom Street-Records Plattenladen. Sagten ihnen, dass sie jetzt unsere Fans wären. Sie sagten o. k. Das fanden wir gut. Jero fraß sich derweil durch das Imbissangebot. Schwarzgebratenes Hähnchen fand er am leckersten und Paella und Waffeln und das Zeug mit Mais. Nur die Riesenwiener mit Kartoffelsalat am Fischwagen wären nicht so sein Fall. Wir tranken Berliner Pilsner, das seit Neuestem in braungefärbte Pilsener Urquell Flaschen zwangsabgefüllt wird. Ein Skandal, zumindestens wenn man erst ein Bier getrunken hat. Für unseren Auftritt hatte man uns ein spezielles Plätzchen zugedacht. Ein Podest, auf dem ein Tisch und ein Stuhl standen, neben dem Toilettenwagen. Da sollten wir wahrscheinlich als Schießbudenfiguren ohne Mikrophon vor uns hinrezitieren und als Blitzableiter den Gewaltbereiten zur Verfügung stehen. Wir sagten »Dankeschön« und lehnten ab. »Dann eben die große Bühne.« »Genau die.« Doch zunächst spielte dort eine BRAVO-Kinderpunk-Kapelle namens Wohlstandskinder. Es gab schon T-Shirts von ihnen, sie wurden gefilmt und ausgelacht. Wenn die Toten Hosen mal nich mehr wollen, könnte man den Wohlstandskindern einfach ihre Namen überhelfen und niemand würde den Unterschied ..., naja, ein paar vielleicht schon.
Danach sollten wir. Beziehungsweise dazwischen. In der Umbaupause. Ich war aufgeregt. Wie immer hatte ich eingepullert, fast. Andreas Gemütsverfassung konnte man nicht deuten. Sein Pokerface zeigte keine Regung. Er ging auf die Bühne, dahinter ich. Der Moderator hatte meinen Namen vergessen. Kleingeld regnete auf die Bühne. Die Menge johlte: »Schriftsteller raus«, und »Wir haben bezahlt, wir wollen Musik.« Wir begrüßten den Mob mit »Hallo Friedrichshain«, was wir für einen gelungenen Scherz hielten.

Jero sagte später, während unserer Geschichten hätte auch mal jemand gelacht. Manchmal war er doch ein ganz Lieber. Zumindestens wenn er satt war. Wir durften dann sogar nochmal nach der auch nicht gerade berauschenden russischen 2-Tone* Kapelle Spitfire. Dann aber nur noch fünf Minuten wegen des Zeitplans, zusammen. Andreas hatte speziell dafür einen Dialog angefertigt, den ich noch gar nicht kannte. Er meinte, das wäre egal, das hätte er sogar schon mit Dan* gemacht. Wird schon. Wurde dann aber nicht. Ich hatte nach dem Dialog diesen immer noch nicht verstanden. Ich hatte alles falsch gemacht. Hatte uns der Lächerlichkeit preisgegeben. Wir brauchten Bier. Bier war da. Und dann traten fünf oder acht oder zwölf junge Finnen in alten finnischen Kostümen, so mit löchrigem Strohhut und so, mit ihren Blasinstrumenten auf die Bühne. Sie sagten einfach nur: »Humppa, Humppa«, und schon ging es ab. Eine Mischung aus Rumba, Polka und was weiß ich. Sie saßen zwar alle, aber sie waren die Einzigsten die sitzenblieben. Die finnische Band mit dem fast unaussprechlichen Namen Eläkeläiset kriegte sie alle. Vorne tobte ein Tanzkrieg. Rau aber herzlich wurde gekämpft. Nur die Security-Truppe glaubte, die Musiker beschützen zu müssen, zeigte massiv Präsenz, wollte sich augenscheinlich prügeln und bekam dann auch ihren Spaß. Die Finnen unterbrachen daraufhin die Orgie, um lustig: »Keine Gewalt« zu rufen. Aber warum machten sie dann so 'ne schöne Musik?
Naja, irgendwann waren meine Sachen versaut und das Konzert am Ende. Alle gingen vergnügt nach Haus. Nur wir nicht. Denn wir mussten noch in die berühmte Kleingartenvereinsspartenclubgaststätte Oberspree, kurz ins OB. Hier hatte Jero seinen Kumpels früher immer ins Bier gespuckt, bevor sie dann alle zusammen zu mir nach Hause zogen und: »Ahne aufwachen« brüllten. Das war vor Jahren. Heute ist der große Saal etwas verwaist. Jero kennen sie immer noch alle. Der Wirt holt sofort ungefragt Bier, und

die Bockwurst schmeckt lecker. 1 Mark 75 mit Brot auf Porzellanteller und das kleine Bier 1,20. Herz was willst du mehr! Ein älterer Mann erzählt uns, dass auch hier mittlerweile die Jungnazis ein und ausgängen, aber die seien gar nicht so übel, die klingelten sogar, wenn sie was zu feiern hätten.
Verena will einen Milchkaffee und wird von Jero aufgeklärt, dass wir hier hinter der Milchkaffeegrenze wären, und ich erinner mich daran, dass ich ja eigentlich noch aufräumen wollte, aber natürlich nicht wirklich, nur damit die Geschichte einen runden Schluß bekommt.

Die Angst sah anders aus
als ich sie mir vorgestellt hatte

Der Beginn einer neuen Zeit

Auf dem Spielplatz am Wasserturm auf 'ner Bank gesessen und einen Keks gegessen. Der schmeckte wunderbar. Nach Zimt und Anemonenhonig. Nebenan auf der Bank schrie eine Mutter ihrer kleinen Tochter ins Ohr, dass sie sich verpissen solle! Alle Kinder würden artig spielen, nur sie müs-

se immer bei ihrer Mutter rumhängen! Sie solle sich endlich verpissen! Abhauen! Sie wäre richtig blöd!
Ich knabberte weiter an meinem Keks und überlegte dabei, ob das denn wohl die richtige Erziehungsmethode sei, seinem Kind vernünftig das Spielen beizubringen. Ich wußte es nicht genau. Denn Genaueres würde nur die Zukunft zeigen. Vielleicht würde sie morgen schon ein lustiges, kleines, emsig herumtollendes Mädchen sein, das nur noch Freude ins Gesicht der lieben Mutti zaubert. Zweifel blieben natürlich. Aber Zweifel bleiben immer. Der Keks war jetzt alle. Ich wurde wütend. Scheiß Keks! Warum musste der schon alle sein! Konnte der nich noch 'n bisschen länger sein! Warum war der nich zehn Meter Durchmesser oder so? Dann wär jetzt noch was zum Knabbern da, und man hätte in Ruhe nachdenken können. Scheiß Keksindustrie! Die wollen uns wohl verarschen! Ich sprang wie ein Bekloppter auf der Bank herum, stieß wilde Schreie in die milde Nachmittagsluft, und so langsam krachte die Bank auch ein.
»Siehst du«, ranzte die Mutter nebenan wieder ihre Tochter an, »Die andern können auch ganz normal spielen, die sitzen nich immer nur so traurig rum!«
Die Tochter weinte stille Tränen. Sie war völlig in sich zusammengesunken. Ihre geflochtenen Zöpfe glänzten unscheinbar in der matten Abendsonne, die soeben vergessen hatte unterzugehn. Die Welt schien stillzustehen. Nur ich trampelte weiterhin wie ein Besessener auf den Bruchstücken der ehemaligen Bank herum. So lange, bis ich gar nicht mehr wusste, warum ich eigentlich so wütend geworden war. Erschrocken hielt ich inne. Lauschte leise in die Luft hinein. Das Wimmern des kleinen Mädchens machte aus mir, dem wilden Tier, einen barmherzigen Engel. Armes Mädchen. Böse Welt! Ich muss beschützen. Ich muss helfen. Ich brauche einen dicken flauschigen Mantel, in den ich das Baby sorgsam einhüllen kann. Vorsichtig tastete ich mich an sie heran. Streichelte ihr zärtlich übers Haar und wollte gerade

ein paar beruhigende Worte sprechen, da hob das Mädchen seinen Kopf und schrie mit einer ohrenbetäubenden Lautstärke: »Mami, der böse Onkel hat mir wehgetan.« Sofort richteten sich alle Augen unwillkürlich auf mich. Das heißt, es waren eigentlich nur zwei, und zwar die von Mami. »Aber...«, kriegte ich grad noch so heraus, da saß schon die erste Backschelle, da, wo für gewöhnlich eine Backschelle hingehörte. »Aua«, das tat weh. »Ich hol die Polizei, ich hol die Polizei«, trötete sie in den höchsten Tönen, während das kleine Mädchen die Zunge rausstreckte und mir eine lange Nase zeigte.
Ich ging dann lieber. Zerbrochen war die Bank. Zerbrochen war auch etwas in meinem Herzen. Nein, ein hilfreicher Mann war nicht gefragt in dieser kalten Zeit. In dieser Gerhard Schröder Zeit. Gefühle waren fehl am Platze. Ich kaufte mir noch eine Packung Kekse, diesmal mit dem größten Durchmesser, und wartete dann in meiner dunklen Wohnung darauf, dass sie mich abholten.
Die Sonne, die war natürlich längst verschwunden.

Ich mag Frieden

Sonnabend abend. Ich sitze im Zimmer und mir ist relativ wohl ums Herz. Ab und zu im Leben gibt es auch eine Zeit der Harmonie. Da is einem dann einfach so. Man will nicht streiten, auch wenn draußen rund 60 Personen warten, die sich nur mit einem streiten wollen. Da kann einem dann jemand kochendes Wasser übern Kopf gießen oder mit vor Kacke völlig verschmierten Schuhsohlen über den frisch gebohnerten Teppich laufen. Man sitzt einfach da und lächelt. Man zieht selbst aus den bösartigsten Aktionen von irgendwelchen üblen Monstern noch den positivsten Aspekt. Solln die Monster doch böse sein, das ist halt die andere Seite der Medaille, daran erkennt man eben, wie gut man selber ist. Ohne Hass keine Liebe, ohne Schmerz kein Wohlbefinden, ohne Leid kein Glück. Ich sitze im Zimmer und höre die Welt draußen ihren Weg gehen. An der Ecke muss es einen Autounfall gegeben haben. Es hat 'n bisschen geknirscht. Naja, dafür is bestimmt woanders soeben ein neues Baby aus der Muschi einer wohlbeleibten Frau geflutscht. Der Papa hat es rausgezogen. Jetzt liegen die drei engumschlungen in der warmen Nestmulde des Bettchen und kuscheln. Sie werden auf ewig eine glückliche Familie sein, ohne Streit um hartgekochte Erbsen jemals, ohne Prügelorgien kurz vor der Sportschau, ohne auch nur die winzigste Form von Nörgelei. Sie werden zusammen alt werden. Eine schöne Südseeinsel kaufen und bedrohte Fliegenarten vor dem Aussterben bewahren. Sie werden rosa Briefpapier verschicken an Diktatoren in aller Welt. Der eine oder andere von ihnen wird daraufhin sein Blutvergießen einstellen und dafür mit dem Friedensnobelpreis ausgezeichnet. Von dem Schotter, den er dafür erhält, kauft er 60 Tüten erlesenster Reisbeutel und rettet damit vom Hungertod bedrohten Hochwasseropfern das Leben. Diese wiederum werden Priester, lernen religiösen Hokuspokus und schaffen es, zur Überraschung aller, wirklich Frieden zu zaubern, zumindestens im Dorf nebenan, wo bereits seit Jahrhunderten die Lehmanns gegen die Krügers kämpfen und eigentlich alles aussichtslos is, aber nun nich mehr, dem Hokuspokus sei Dank. Versteht zwar keiner von ihnen, trotzdem erfindet der gemeinste der Lehmanns eine nigelnagelneue Barbiepuppe, an der sich Generationen von degenerierten Wohlstandskindern erfreuen, und der schlimmste der Krügers übernimmt die Rolle von McGyver im Fernsehen und zeigt, wie man aus 'n bisschen Bindfaden und kleinen Kotbällchen der katalanischen Stubenameise ein funktionierendes Gesundheitssystem bastelt. In Stunden der Harmonie können solche Kettenreaktionen durchaus auch in echt, wenn auch nur ausgedacht, passieren. Das ist schön und außerdem gut so. Wenn es auch mitunter auf die Dauer langweilig wird, nur so positive Handlungsstränge mental zu trainieren. Da is dann die Harmonie eben bald vorbei und es kommt was anderes. Disharmonie zum Beispiel. Doch da fehlt es mir am heutigen Abend einfach an Kraft dazu. Reicht ja eigentlich auch, dass bei dem Autounfall an der Ecke 'ne komplette Familie unter schrecklichsten Qualen gestorben ist.

Das lustige Dreieck hatte mal wieder allen Grund sich zu freuen. Es war soeben eine Minute später geworden.

Neulich Ackerstraße / Ecke Invaliden

Zwei Männer sitzen auf einer Bank und trinken das gute Altmark Bier aus Büchsen. Es ist Mittag, die Sonne knallt, kaum ein Lüftchen weht.
»Gestern is gestern, und heute is heute«, beginnt der Eine. »Is doch egal«, meint der andere. »Gar nich egal, dann wär ja alles egal.« Der Eine wird wütend. »Prost«, versucht der Andere ihn zu beschwichtigen. Die beiden genehmigen sich ein Schlückchen. »Trotzdem«, fängt der Erste wieder an. »Was trotzdem?« »Na, man muss doch wissen, wann was für'n Tag is. Kuck ma, wenn du an dem einen Tag ma was gemacht hast, zum Beispiel einkaufen, und an dem anderen Tag hast du das dann ausgetrunken, also an dem einen Tag zwar auch, aber an dem anderen Tag warst du

zum Beispiel...« »Ja«, sagt der Andere. »Nee, ich meine, da warst du nich einkaufen...« »Stimmt.« »Nee ich meine, das musst du doch auseinanderhalten können.« Der Andere schaut den Einen verständnislos an. »Na, nu mach ma nich den Harten, Prost.« Und dann trinken sie den Rest des Tages wieder schweigend nebeneinander, bis irgendwann die Polizei kommt und sie wegscheucht.
Manchmal enden Versuche von Menschen eben kläglich, aus dem Teufelskreis der Normalität auszubrechen.

Wie es gewesen wäre, wenn ich mal in einer Kleinstadt geboren wäre

Wäre ich in einer Kleinstadt geboren, oh ja, dann wäre alles anders gewesen. Einen Haufen Bekannter hätt ich da gehabt. Menschen, von denen ich mein Lebtag nicht mehr losgekommen wäre. Die Gundula, die würde mir immer zum 9. April einen Laib Rotwurst vorbeibringen und der Gottfried, der wär ständig betrunken, aber trotzdem mein Freund. Ich würde die Hühner alle mit Namen kennen und die Schafe auch und die Häuser und die Felder und Wiesen und Wälder und ach, jeder würde sagen: »Ja, der Ahne, das ist doch von den Seidels der Älteste, na sieh mal an einer. So groß is der jetzt. Ganz wie der Opa. Ja, der Ahne. Der war doch so klein damals und lieb war der immer. Und jetzt. Naja, macht jetzt in Schuhe. Geschäft von seinem Vater. Soll ja auch nicht gar so gut gehen. Der Ahne, na sieh mal einer an. Soll ja auch nicht ganz gesund sein. Ja, sieht auch nicht so gesund aus. Aber der kann gut Postkarten sammeln. War ja wohl mal 'ne Zeit mit der Tochter von den Gerbers zusammen. Die Liesl. Die is ja nun auch schon 'ne Zeit weg. Mit so 'nem Neger nach Amerika gegangen. Ja, so ist das.«

Und dann gingen sie an mir vorbei. Nickten einmal kurz freundlich, denn man kennt sich ja, und zu Weihnachten träfen sich alle in der Kirche. Auch der dicke Bernd, der nie eine abgekriegt hatte. ›Der dicke Bernd, der mit der Fistelstimme. Naja, aber nett ist der auch. Die Familie Tollgrimm. Die sieben Kinder, Mutter und Vater und das behinderte Tantchen. Deren Haus soll ja wohl neulich gebrannt haben. War aber wohl nich so schlimm. Haben sie 'ne Weile in der Scheune gewohnt. Die älteste Tochter soll ja jetzt schon wieder schwanger sein. Genau wie letztes Jahr. Ob sie das wohl auch abtreiben wird? Weiß ja keiner, wer der Vater ist. Ja, ja. Sachen gibts.‹
Und nach dem Gottesdienst, da gehen alle in ihre Häuser zurück und lassen die Jalousien runter, denn es ist ja schon bald dunkel. ›Vielleicht kommt ja noch was im Fernsehn? Sollte heute nicht der zweite Teil der Dornenvögel laufen? Mit diesem einen bekannten Schauspieler. Diesem, hach wie hieß er denn gleich noch? Dieser Große, mit dem Bart. Der auch bei dieser andern Serie mitspielt. So'n ganz Netter. Dieser mit dem englischen Namen. Der, der immer so gefühlvoll ist. Naja. Fällt mir jetzt nicht ein. Früher da gabs ja noch keinen Fernseher. Aber das war auch schön. Uns gings ja nie schlecht. Hauptsache, man ist zufrieden. Da haben wir eben gestrickt und der Vater, der hat immer die Zeitung gelesen, und Oma is ja meistens schon im Sessel eingeschlafen. Und selbstgemachten Apfelsaft gabs immer. Der war lecker. Auch im Krieg, da gabs den auch. Da wars auch nicht so schlimm. Alles hat auch sein Gutes.‹
Wäre ich in einer Kleinstadt geboren, ja, dann hätte ich bestimmt auch ein Auto. Denn ohne Auto ist man nichts in einer Kleinstadt. Ich würde einmal im Jahr in den Urlaub fahren. Nach Timmendorf oder mal ins Ausland. Frische Luft gibts ja auch immer umsonst, und wenn man wirklich mal was Großes braucht, naja dann fährt man eben in die Stadt. Aber länger aushalten würd ich's da nie. Und im

Garten der Rasen, der wäre immer hübsch gemäht. Ach ja! Natürlich würd ich ab und zu denken, es hätte auch alles anders kommen können, doch das soll man lieber nicht tun. Man soll mal lieber zufrieden sein. Das ist die Hauptsache, wenn man in einer Kleinstadt lebt. Gell?!

Armes Deutschland

Dienstag 30. Mai. Ich habe Bauchschmerzen. Liege im Bett und jammer ein wenig vor mich hin. Interessiert aber keinen, weil nämlich keiner da ist. Vielleicht sollte ich mir ein Tier anschaffen, dann könnte ich mir wenigstens vorstellen, dass den Wellensittich oder wie das Tier dann heißt, dass den das interessiert. Müsst ich ihm sprechen beibringen. Wenigstens zwei, drei Sätze. Weil 'n bisschen was sagen müsst schon er können. »Soll ich dich trösten?« müsst er können und »Schlimm, schlimm das Ganze«, und auch »Trotz deiner Bauchschmerzen bist du immer noch der Tollste.« Mehr dürft er aber nich können. Also zum Beispiel »Scheiße« dürfte er nich sagen. Weil »Scheiße« das klingt doof, wenn Tiere das sagen. »Scheiße« wird viel zu oft gesagt. Das macht auch einen schlechten Eindruck. Da kommt dann jemand zu Besuch, also vielleicht ein Präsident aus einem fremden Land oder Mutti, und da sitzt dann so'n frecher Vogel in seinem Käfig, hat eventuell sogar Würmer und sagt »Scheiße«. Nee, da schämt man sich doch 'n bisschen. Da steht dann der Dolmetscher von dem Präsidenten aus dem fremden Land oder die Mutti, die ja sogar selber deutsch kann, die noch nich mal 'n Dolmetscher braucht und die das ja deswegen auch sofort versteht, und dann hören die sowas und überlegen kurz und gehen dann womöglich gleich wieder nach Hause, weil »Scheiße« sich von fremden Vögeln sagen lassen müssen, och nee, dis muss man sich nich geben, dann geht man doch lieber in 'n Zoo, wo die Tiere noch nett sind, und schon isses dann passiert. Man wird enterbt oder was noch schlimmer ist, dass sie in fremden Ländern schlecht von dir reden. Dass dann in Sambia oder USA gesagt wird, hier der Ahne aus der Lottumstraße, da könnt ihr mal die Entwicklungshilfe schön stecken lassen, weil wer Geld dafür hat, sich »Scheiße« labernde Vögel zuzulegen, der hat auch Geld für Essen und Schmuck. Die können ja nich wissen, dass man den Vogel lediglich in 'nem Tierheim von der Stange gepflückt und außerdem schrecklichste Bauchschmerzen hat. Dass die Bauchschmerzen womöglich von einseitiger Ernährung aus Müllkübeln herrühren. Weil die Leute ja immer nur einseitige Essensreste wegwerfen. Angebissene BSE-Steaks und Mohrrüben, deren Verfallsdatum längst überschritten ist. Einseitig schlechtes Zeug, jedenfalls in unserer Umgebung. Es mag ja durchaus auch Gebiete geben, in denen das Geld locker flockig in den Portemonnaies Partys feiert, und wo die Besitzer von dem Geld schon mal durchaus kiloweise Hummer von kaufen und den dann einfach nur so aus Spass, ohne ihn sich vorher angesehen zu haben, in die nächstgelegene Mülltonne fein säuberlich auf den sich darunter befindlichen Raddicio Salat oder wie das heißt, betten. So 'ne Gegenden gibt es sicherlich, nur eben nich hier. Und deshalb darf mein, in der Phantasie existierender, Schmetterling, nee ich mein natürlich Wellensittich, Schmetterlinge können ja gar nich sprechen. Oder hat mal jemand einen sprechenden Schmetterling gesehen? Hat eigentlich vielleicht sogar schon mal jemand versucht einem Schmetterling das Sprechen beizubringen? Vielleicht geht das ja sogar, wenn man lange genuch übt, mit Hilfsmitteln eventuell. Zucker als Belohnung, oder was die so fressen. Oder Drogen. Hat schon mal jemand einen Schmetterling unter Drogen gesetzt? Das würde mich ja interessieren, was dann so passiert. Vielleicht denkt der Schmetterling ja dann, dass er 'n Mensch ist und redet stundenlang über Familie und Krankheiten und so'n Kram. Monologisiert. Spielt Karten und fasst Frauen untern Rock. Wäre möglich. In den USA hat das bestimmt schon mal jemand versucht. Da gibts ja auch Leute, die an Ufos glauben, und im Internet kann man Firmen kontaktieren, die einen den ganzen Tag über mit aus Flugzeugen abgeworfenen Bratkartoffeln bombardieren. Obwohl, letzteres hab ich mir einfach nur ausgedacht. Ich war ja noch nie dort. Kann aber doch sein. Weil, da is ja alles praktisch unbegrenzt möglich. Da gibts ja keine Regierung und keine Polizei, die sowas verbietet. Bei uns würde natürlich gleich irgendeine Regierung sagen: »Nö. Gibs doch nich hier, mit Bratkartoffeln und so aus Flugzeugen rauswerfen, da fang wa gar nich erst mit an, dis macht sonst noch Schule, dann kommt nachher kein Düngemittelflugzeug mehr am Himmel durch und unsre Ernte verwelkt auf den Feldern. Nee, wo is denn der Flugzeugminister, der soll mal die Polizei anrufen, dass die mal hier den Typen, der sowas im Internet anbietet, dass die den mal einfach so wie einen räudigen Hund abballert. Und dann soll mal außerdem der Gesetzesminister gleich ein Gesetz erlassen, von wegen, dass man mit Essen nich spielt. Da is das dann mit dem Abballern praktisch im Nachhinein noch auf dem Boden des Grundgesetzes passiert und somit o. k. irgendwie.« So würde das bei uns ablaufen, deswegen setzt ja hier auch keiner Schmetterlinge unter Drogen, obwohl das eben doch ziemlich interessant wäre. Deswegen ist Deutschland auch mittlerweile, hinter sogar den Benelux-Ländern sogar noch, noch unbeliebter für die Innovations-Wirtschaft geworden. Das muss man sich mal vorstellen, was da an Potenzial, manchmal sogar ungetrennt, in die Mülltonne geschmissen wird. Da kann man ja richtig wütend werden, wenn man sich das nurmal vorstellt. Bauchschmerzen kann man da kriegen und sich ärgern, dass niemand da is, der einen bemitleidet. Noch nich mal 'n doofer Wellensittich.

Oh, jetzt macht doch tatsächlich die Polizei eine Durchsage, in unserer Straße! Im Weinbergsweg wurde irgendso'n Juweliergeschäft überfallen, und die Täter haben ihren grauen VW Passat ausgerechnet in unserer Tordurchfahrt abgestellt. Na, da werd ich mal gleich runtergehen und gucken, ob ich die üblen Gangster noch irgendwo erwische. Kann man doch nich machen sowas. Die Juweliere ham's doch wirklich eh schon schwer genug. Armes Deutschland.

Meine Heiratsannonce

Guten Tag ich bin eine Banane mit Beinen
und ich will mich endlich binden
für mich ist das halt wichtiger
als die Fusion von Berlin und
Brandenburg gut zu finden.

Zwiegespräch mit Gott

Gott hatte gekocht. Es gab leckeren Bohneneintopf. Ich machte mir etwas Zitronensaft rein. Das gefiel ihm nicht so gut. Er meinte, bei seiner Mutter hätte der doch am besten so ohne alles geschmeckt.

G: Zitronensaft, Zitronensaft, das ist doch ziemlich blöd, oder?

I: Naja, Geschmackssache. Aber wie würdest du eigentlich deine Kinder erziehen?

G: Naja, ausgewogen. Also schon mal hart sein, aber auch Liebe zeigen. Ihnen klarmachen, da ist einer, der

könnte dein Freund sein. Aber auch mal 'ne Ohrfeige und so, wenns not tut.
I: Stell dir vor, dein Sohn hat eine Freundin. Er ist erst neun Jahre alt und will mit ihr ungeschützten Geschlechtsverkehr praktizieren, weil er meint, Aids und Schwangerschaft, das gäbe es in seiner Altersstufe noch nicht.
G: Ja, das ist ein schwieriges Problem. Das muss man konsequent, aber auch differenziert angehen. Willst du noch Bohneneintopf?
I: Du weichst mir aus.
G: Los, nimm doch noch 'n Teller!
I: Du weißt, ich bin immer tolerant gewesen. Doch so gehts nicht. Er ist neun, sie zwölf. Beide gehen zur Schule. Ihre Leistungen lassen immer mehr nach. Keine Kondome nehmen, aber ansonsten wie die Großen. Das macht nur das Fernsehen und die Werbung. Reich mir doch mal den Bohneneintopf.
G: Hier, bitte! Jaja, das Fernsehen, das Fernsehen.
Gott geriet ins Grübeln. Was konnte er da machen? Schon oft hatten Menschen sich bei ihm beschwert über den Umgang mit Gewalt, Sex und Drogen im Fernsehen. Eine Korrektur war da wohl notwendig. Doch was sollte er statt dessen ins Programm tun?
Große Probleme. Da war es doch schön, dass wenigstens sein Bohneneintopf so ausgezeichnet gelungen war.

Im Club unterwegs

Der graue Himmel hängt bleiern über der Stadt. Wir sitzen in einem Schuppen, dessen Dach bereits zur Hälfte von Würmern zerfressen wurde, in einem Berliner Hinterhof. Eigentlich wollten wir reden über die Revolution und wann die sein soll, aber das war igendwann langweilig, und da

saßen wir dann eben einfach nur so rum. Unsere Blicke trafen sich manchmal, kreuzten sich, fuhren eine Weile Schlitten und gingen dann wieder nach Hause in ihre eigenen Augen. Es war eine gewisse Form von Langeweile, die sich ausbreitete. Dabei waren wir allesamt interessante Persönlichkeiten mit Hang zu tollen Ideen, aber heute irgendwie kaum. »Wollen wir nicht auf den Weihnachtsmarkt gehn. Kostet kein Eintritt und jede Menge Spaß. Los mitkommen, sonst schalt ich einen der diversen Radiosender ein. Kein Witz ej!«
Gertruds Drohung wirkte Wunder. Einer nach dem andern erhob sich aus den leidgeprüften Sesseln, die wahrlich schon bessere Jahrhunderte erlebt hatten, und zog sich die löchrige Jeansjacke über. Wir waren nämlich der Club der löchrigen Jeansjackenträger. Daran konnte man uns erkennen und auch von den andern unterscheiden. Wir waren ziemlich wild. Ja, wir wuschen uns nie unter den Achseln. Die Achselhaare waren so zu starren, gelbrötlichorangen Klumpen zusammengepappt. Und so rochen wir ein bisschen nach Tier, besonders die löchrigen Jeansjacken. Kaum waren wir alle angezogen, ging es auch schon los. Erstmal nach Hackescher Markt, Szenetouristen erschrecken. Hach, wie machte das Spaß, immer von hinten schubsen und dann laut rufen: »Ejh, war was?« Das machte Spaß und war so schön gemein. Wie bei den Tieren. Einer mit Anzug an wollte doch glatt nach der Polizei rufen. Da musste ihm Rudi erstmal einen dicken Batzen Aule* verpassen, voll ›aus Versehen‹. Ja. Der wird sich gern an Berlin zurückerinnern. Die haben das Herz auf dem rechten Fleck. Die Berliner. Wie die Tiere.
Wenn man jetzt auf dem Fernsehturm draufgewesen wäre, hätte man erkennen können, dass sich ein Pulk von dem Club ›Löchriger Jeansjackenträger, die stinken wie die Tiere‹ langsam Richtung Alex bewegte. Das waren wir. Wir wollten ja zum Weihnachtsmarkt und der liegt nunmal da.

Können wir ja auch nichts für. Das ist nun mal so. Wir haben den nich dahin gebaut. Das war die Regierung. Als wir den heiligen Alexanderplatz betraten, rochen wir schon die Ingredienzien des Weihnachten. Das war ja super. Mit dem ganzen Weihnachtskram. Uwe musste erstmal gegen die Scheiben von Karstadt urinieren und wurde dafür gerügt. Michaela und Gertrud bemühten sich vergeblich, dass der Zuckerwattekiosk Feuer fing. Es war einfach zu nass. Der revolutionäre Zeitpunkt noch nicht erreicht. Im Weihnachtsmarkt war es entsetzlich voll. Eigentlich kam man nur durch Schieben vorwärts. Wir setzten Ingo an die Spitze unseres Trupps, der mit seinem kolossalen Tieratem dafür sorgte, dass es bei uns etwas schneller ging. Was soll ich sagen. Ein Desaster ohnegleichen. Alles war sehr teuer. Unheimlich teuer. Man kriegte richtig Angst vor den Preisen. Rudi wurde zusehends wütender, und es ist nicht gut für eine intakte Infrastruktur, wenn Rudi wütend wird. Er schnappte sich eine Fischbude, die verlogenerweise mit Fisch direkt vom Hamburger Hafen warb, und krachte sie mit dem Dach zuerst voll auf die Geisterbahn. Funken, Staub und unechtes Pappmachée purzelten durcheinander. Währenddessen hatte Gerd den sprechenden Baum umgekippt, der ihm auf die Nerven ging. Ich besaß noch eine Flasche Brennspiritus in der Hose und verwandelte die Märchenstraße in eine brennende Märchenstraße. Uns wurde warm ums Herz. Das war auch schon Polizei und Feuerwehr. Was wollten die denn hier? Normalerweise sind wir ja eher wie Tiere, aber wir beschrieben ihnen dann doch noch die Täter und dass sie vermutlich aus Westdeutschland zugereiste Gewalttouristen seien. Der Akzent sei uns schon am Hackeschen Markt aufgefallen.
Wenn man jetzt auf dem Fernsehturm draufgewesen wäre, hätte man erkennen können, dass sich ein Pulk von dem Club ›Löchriger Jeansjackenträger, die stinken wie die Tiere und brandschatzen wie die Indianer‹ volle Kanne Richtung

muffiger Hinterhof mit Haus mit halb von den Würmern zerfressener Decke bewegte. Das waren wir.

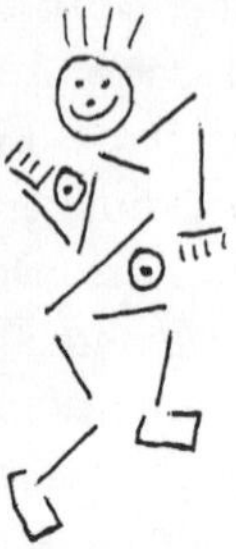

Marina hatte Glück, daßes bei der Wahl zur Miß Gesicht 2001 nich so auf die Körperhaltung ankam

Die Fliege

In meinem Zimmer fliegt 'ne Fliege rum. Die muss noch übriggeblieben sein von der letzten Schlachteaktion. So'n dicker fetter schwarzer Brummer. So'n Ding, was immer aus weißen Fleischmaden schlüpft. Wo, wie, was kann kaum fliegen. Und siehe da, bomm, voll gegen die Scheibe geflogen. Liegt jetzt unten am Boden auf 'm Rücken. Und summt. Summt wahrscheinlich um Hilfe. Klingt gut. Werd ich mal aufnehmen. Ich gehe in das Kinderzimmer und wühle mich durch den Wust von Spielsachen, abgeknabberten Appelgriebschen und Schmutzballen. Man müsste mal wieder aufräumen. Was, wenn plötzlich die Jugendfürsorge vor der Tür steht und recht unzufrieden ist mit Sauberkeit und Hygiene? Die würden doch glattweg denken, meinem Kind ginge es schlecht. Naja. Wo ist denn nur dieser Scheißrecorder. Vielleicht hinter dem Teddy. Oh, das is ja ein Hund. Ein echter Hund. »Na geh mal ab, Hund. Geh mal Gassi. Ja, mach schon.« Sowas, ein Hund hier drin. Gelb mit schwarzen Punkten. Hab ich noch nie gesehn in der Gegend. Familie Dreckschlüpper ham 'nen weißen. Aber ohne Punkte und viel kleiner. Das kann der nich sein. Der sieht zu anders aus. Das is 'n andrer Hund. Was der hier im Kinderzimmer macht? Komisch. Ah, da is ja der Recorder. Mit Sand gefüllt. Kinder sind schon manchmal wie kleine Radikalinskis. Sehen niedlich aus, aber stopfen heimlich Recorder voll Sand. Das nenn ich Ideen. Anstatt er mal unten den Abwasch macht. Der steht auch schon wieder rum seit Weihnachten. Kein Wunder, dass die Kumpels nich mehr zu Besuch kommen.

Ich werd ma das Fenster aufmachen.

Hui, die eine Scheibe ist ja ganz kaputt. Da werd ich die wohl mal auswechseln müssen irgendwann. Geht ja nich so, die is ja ganz kaputt. Da werd ich mal 'ne Neue für reinmachen. Ne Glasscheibe.

Die andre is ja auch kaputt. Auf derselben Seite. Zwei Scheiben. Die eine innen, die andere außen. Die sind ja beide kaputt. Da muss ich ja zwei Scheiben erneuern. Da kann ja im unglücklichsten Falle ein Kind herausfallen.

So, jetzt hab ich den Sand alles rausgekippt. Aus dem Fenster. Solln die da unten sich ruhig aufregen. Die spinnen doch. Sich so aufzuregen. Wegen Sand. Ich kipp gleich noch was ganz anderes runter. Genug Auswahl hätt ich ja hier im Kinderzimmer. Die würden sich wundern. So, jetzt muss der aber wieder gehen. Der Recorder. Ist ja eigentlich ein schönes Modell. Rot und Gelb mit Blau. Sieht eigentlich gut aus. Hat auch hier Henkel. Hab ich Oskar mal geschenkt, wo der noch klein war. Hat der sich gefreut. War der 'n halbes Jahr alt. Konnt er noch gar nichts mit anfangen. Ja, ich gehe mal wieder rüber in mein Zimmer. So, Tür zu. Damit die Luft nich so fluktuiert. Ich muss mal gucken. Da liegt sie noch. Summt gar nich mehr. Doch, summt wieder. Ja, summ mal noch weiter. Kann man vielleicht mal verschenken, die Kassette. Freut sich jemand drüber.

Oskar wird ja jetzt drei. Naja, is vielleicht noch 'n bisschen schwer verständlich. Obwohl er neulich sogar mal gesagt hat, dass er Batman gutfindet. Der Racker. So, jetzt mach ich aber mal die Fliege tot. Ab dafür. Was für ein Brummer. Hat richtig geknackt. Na, kann ich auch mal wann anders wegfegen. Wenn ich mal wieder saubermache.

Was keiner ahnt (I)

Subi und Klubi sind zwei lustige Nunktoniten. Sie leben auf dem Planeten Erde, aber keiner weiß es. Denn Subi und Klubi sind fast unsichtbar. Das heißt, niemand kann sie sehen außer manchmal. Aber meistens eben nicht, und wenn doch mal, dann können Subi und Klubi so lustig lachen, dass man alles, was man gesehen hat, gleich wieder vergisst. Subi und Klubi machen immer das, was man als Nunktonit so macht, nämlich eigentlich nichts Besonderes. Eigentlich gar nichts Besonderes. Aber das finden Subi und Klubi meistens dermaßen komisch, dass sie einfach wieder darüber lachen müssen. Ein paar lustige Gesellen sind diese beiden Nunktoniten. Und ich finde, wir sollten ihnen ihren Spass lassen.

Novellengedicht mit einem lachenden und einem weinenden Auge am Ende wegen der Moral, deswegen

Ich bin unterwegs in einer Straßenbahn Richtung Obsession.
Die Leute, die grade einsteigen, die wollen mich verdreschen.
Ich sage: Na und, dafür bin ich viel klüger!
und bleibe zumindest moralisch der Sieger.

In Sachen Schnüffeln unterwegs

Was machen eigentlich Helmut Kohl, Margot Honecker und Sinèad O'Connor so in ihrer Freizeit? Eine Frage, die Millionen von Menschen in der Bundesrepublik schon seit Jahren im Kopf herumspukt. Jedenfalls erreichten mich bereits mehrere hundert Briefe zu diesem Thema. So schrieb Frauke Frankfurt aus München: »Ahne, mich interessiert besonders, was Margot Honecker so in ihrer Freizeit macht. Finde es bitte schnell heraus, sonst muss ich sterben. Deine Frauke Frankfurt aus München.« Oder Felix K. aus New York: »Hallo Ahne. Sag mal, Helmut Kohl oder Sinèad O'Connor, was machen die eigentlich so in ihrer Freizeit? Tschüss, Dein Felix (aus New York).«

Nun kann sich sicherlich jeder vorstellen, wie sehr es einen Menschen wie mich abstößt, in anderer Leute Privatsphäre herumzustochern. Man hat ja schließlich einen edlen Charakter, und Spionieren gilt nicht mehr als chic seit der Wende in Albanien. Doch was soll man tun, wenn der Druck der Volksmassen schier ins Unermessliche wächst. Soll man vielleicht wieder knuffen gehen in den Steinbruch wie früher, 20 Stunden am Tag? Das ist doch auf die Dauer zu anstrengend.

Helmut Kohl also kommt halb vier nach Hause, wäscht sich die Hände und isst am runden Wohnzimmertisch ein Marmeladenbrot. Er gähnt häufig und nimmt dabei nicht die Hand vor den Mund. Dann guckt er in den Spiegel – ungefähr eine Minute. Er sagt: »So, das hätten wir geschafft.« Danach entfernt er seine Bauchattrappe und die dicken angeklebten Backen. Helmut Kohl ist eigentlich ganz schlank und sieht gar nicht mal so übel aus. Doch er erkannte früh, dass in Deutschland nur hässliche Menschen berühmte Politiker werden können (siehe Hitler oder Scharping). Kurz nach fünf begibt sich Kohl in sein Atelier. Er malt für sein Leben gern. Kubistische Motive zumeist, aber auch manch-

mal surrealistisch oder barock. Helmut Kohl, der schon Einstein kannte und zu ihm Anfang des Jahrhunderts eine, bis heute unentdeckte, erotische Beziehung unterhielt, versteht sich meisterhaft auf das Pinseln von Wasserfarben. Ich staunte nicht schlecht. Was ich da sah, waren richtig gemalte Bilder (genau wie bei Hitler und Scharping). Kohl malt ungefähr so zwei Stunden, dann sind ca. zehn Bilder fertig, erstaunlich. Dazu trinkt er Tee und Wodka, ein echter Bohemien. 19 Uhr wird Abendbrot gegessen. Es gibt belegte Brötchen von seiner Frau, die auch Hannelore heißt, wie eine andere Frau, die ich kenne. Sie schmiert sie richtig mit Butter und Wurst, wo die Pelle schon ab ist. Dazu gibt es trockenen Chianti, in hohe Gläser eingeschenkt, und einen Aperitif als Erfrischung. Hinterher gehackte Erdnüsse, getrocknete Weintrauben und Früchte des Haselstrauchs. Studentenfutter sagt man im Hause Kohl scherzhaft dazu.
Am Abend geht Helmut gewöhlich im Kreise seiner Lieben zu Konzerten von den Dead Kennedys, den Rostocker Philharmonikern oder ins Bett. Er kann schlecht schlafen, weil ihn die Sorgen seines Volkes drücken. Er wälzt sich durch das Bett wie der Ruderachter aus dem Ruhrpott. Ein schöner Vergleich, finde ich. Gerade angemessen für unseren Bundeskanzler*.
Seine Frau, die den Namen einer Bekannten von mir trägt, schläft an seinem Kopfende und bildet zusammen mit ihrem Ehegatten diesen berühmten Buchstaben, den sich auch die Deutsche Telekom für eine Werbekampagne auserkoren hat.
Früh um fünf klingelt der Wecker. Helmut springt aus dem Bett. Bundeskanzler müssen früh raus. Urlaub oder Krankmachen gibts für sie nicht. Es wird sich erzählt, dass er einmal sogar mit 40 Fieber eine Mammutkonferenz der ›Gesellschaft für Natürliches Gehen‹ leitete und so den Weltfrieden rettete. Kohl trinkt schnell seinen Kaffee aus, den er schon

am letzten Abend gebrüht hat. Er klebt sorgfältig Bauch und Backen an, sagt schnell: »Tschüss« zu Frau und Stieftochter und macht sich in die Spur. Ein Kanzler wie Hitler und Scharping. Man kann ihm vertrauen. Er tut sein Bestes.
Margot Honeckers Freizeit verläuft so ähnlich. Bei Sinèad O'Connor ist es genau umgekehrt.
Wenn ihr noch Fragen habt, schickt sie mir. Ich bleib für euch am Ball. Um ganz ehrlich zu sein, ich kann ja auch nichts anderes.

Die Sonne mit dem Hitlerbärtchen hatte mal den fürchterlichen Traum, daß sie in einer Nacht scheinen mußte, die ganz schwarz war.

Ein Tag in unserer WG

Irgend etwas ist faul. Es stinkt. Es stinkt bei uns in der Küche. Nach Moder. Es ist ein Geruch, der einem den Magen umdreht.
Ich setze einen Kessel Wasser für Kaffee auf. Es ist zu früh, um mit der Suche nach der Stinkursache zu beginnen. Vielleicht wird es ja auch von alleine besser. Alleine am Tisch.

Ich sitze da ganz alleine, die Beine verschränkt, den Kopf in meine Hände gestützt. Die Sonne beginnt draußen ihre Bahn zu ziehen. Ein Vogel hüpft auf dem Fensterbrett hin und her. Moment mal, das habe ich doch schon mal erlebt. Genau das Gleiche. Nee, nee, diese Déjà-vus. Die bringen mich nochmal um den Verstand. Los jetzt, Kaffee in den Filter, Wasser drauf, fertig. Kaffee ist fertig. Ich bin fertig. Es stinkt erbärmlich. Ein Tier. Es stinkt nach verendetem Tier. Vielleicht in der Kammer? Ich schließe die Kammer auf. Richtig. Da liegt ein verendeter, riesiger Büffel aus Nordamerika. Von den Indianern. Er ist aufgebläht. Die Farbe ist merkwürdig. So zwischen Rot und Grün. Überall wimmelt es von Maden. Das ist ja ein dolles Ding. Verwesender Büffel in unserer Kammer. Wer hat den denn da reingelegt? Sicher wieder so ein verrückter Scherz. Eklig.
Ich setze mich wieder an den Tisch zurück und probiere ein Schlückchen vom frisch aufgebrühten Kaffee. Das tut gut. Bringt das Denken auf Hochtouren. Ein Scherz also. Schöner Scherz. Welches Arschloch war das? Gerade erst umgezogen und jetzt sowas. Ich kucke in unserem WG-Mitteilungsheftchen nach. Donnerstag, 15. August. Tatsächlich, da stehts: »Habe großen Indianerbüffel gekauft. Wegen Scherz. Liegt in Kammer. Bitte nicht wegräumen, bevor er entsetzlich stinkt. Simone.«
Aha, Simone also. Tut immer so, als könne sie kein Wässerchen trüben. Macht sogar manchmal den Abwasch. Das ist also ihre andere Seite. Eklige Scherze. Ich schaue nachdenklich in meinen Kaffee. Was bin ich nur in so'ne WG geraten. Ein Wing Chung-Kämpfer, der einem ständig den Schädel eindreschen will, eine auf zwei Meter hohen Absätzen stolzierende Außerirdische, die am liebsten als Tapete an der Wand hängt, ein Hund, der normalerweise schon zehn Jahre tot sein müsste, und diese Simone, die bisher eigentlich ganz normal wirkte, nun einem aber verwesende Büffel in die Kammer stopft.

Dazwischen ich: 28 Jahre alt, 1 Meter 81 groß, Schüler mit 08/15 Leben, der sich früh und abends wäscht, unauffällige Kleidung trägt, gerne Milch und Kaffee trinkt; eben ein Mensch, der auch in jeder anderen Wohnung wohnen könnte. Doch nein, mein Zuhause nennt sich Lottumstraße 10, Erdgeschoss.
Ich trinke den letzten Schluck aus. Es ist ein großer Schluck. Aber egal, in einem Zug runter. Hui, Hals verbrannt. Macht nichts. An die Arbeit. Scherz wegräumen. Suche den Fuchsschwanz, den Bert im Ofen versteckt hat. Finde ihn hinter einer glühenden Kohle, die noch vom letzten Winter da sein muß. Schlurfe zur Kammer. Halte mir mit einer Hand die Nase zu. Säge mit der anderen Hand den Büffel in transportable Stücke klein. Lege die Stücke ordentlich auf dem Hof vor der Kunstschule ab und beschichte sie etwa zehn Zentimeter hoch mit den übriggebliebenen Maden. Wische die Kammer mit Staublappen ordentlich aus. Schlage die dicke Fliege an der Tapete tot. Moment mal! Merke, dass die Tapete gar keine richtige Tapete ist, sondern Nadira, die sich zum Schlafen an die Wand gehängt hat. Bekomme nun erstmal Tracht Prügel. Nadira ist ziemlich sauer, wegen der toten Fliege auf ihrem Kleid. Kann ich verstehen. Werde nächstes Mal besser hingucken beim Fliegentotschlagen. Plötzlich steht Simone im Zimmer. Kann es gar nicht fassen, dass ich ihren Scherz so vermasselt habe. Fängt an zu weinen. Tanzt einen traurigen Tango mit unserem Hund durch die Küche. Überlegt, ob sie sich das Leben nehmen soll. Wäscht sich dann aber doch lieber die Haare. Mein ganzes Leben zieht nochmal an mir vorbei. Halt, das ist doch immer so, wenn…
Kann gerade noch ausweichen. Ein Fuß schießt um Millimeter an meinem Kopf vorbei. Bert hatte einen neuen Tritt gelernt und wollte den nun mal ausprobieren. Er lächelt. Ich komme mir irgendwie doof vor und bitte um ein WG-internes Plenum. Klage den anderen mein Leid. Kann so

nicht mehr leben. Da beginnt Bert von Lao-Tse zu erzählen, von den verschiedenen Wegen, die zum Ziel führen. Wir trinken ein paar Bierchen. Nadira sagt: »Wichtig ist die Toleranz.« Simone schreibt in unser Büchlein: »Nicht vergessen, 43 Ringelnattern kaufen. Stichwort: Scherz.« Kolja, der alte Hund, hat bereits die Schicht Maden auf dem Hof geschafft und bemüht sich nun um die Büffelteile. Und ich denke bei mir: »So schlimm ist es ja nun wiederum auch nicht. Hauptsache, man ist überhaupt irgendwo zu Hause.« Und so haben wir wieder einen Tag geschafft, jeder auf seine Art und Weise.

Shrimpsday

20 Kilo Shrimps aufgetaut. 20 Kilo, nur weil wir vergessen hatten, den Stecker vom Kühlschrank reinzumachen. Von unserm neuen Kühlschrank, der wo 20 Kilo Shrimps reinpassen. Tiefgefroren natürlich. Ich hasse diese Würmchen. Überall jetzt diese Würmchen! 20 Kilo in Salat, in Öl gebraten, auf der Schrippe, sogar im Pudding hab ich sie gesehen.
Sonnabend ist Christopher Street Day. Wieder so ein Mega-Event. 2500 Wagen mit House-, Techno-, oder, sieh einer an, Drum-and-Bass-, oder, sieh einer noch mehr an, sogar Schlagermusik (wie lustig, Schlager hihi) werden ungeheuer dezibelverstärkt die Massen zum Ausflippen bringen. Alle laufen sie wieder total crazy durch die Gegend. Die flippige Sekretärin ganz in Lack und Leder, ihr Chef Manfred, ein cooler Manager, total offen für alles und echt gar nicht so wie man sich einen Manager immer vorgestellt hat, tanzt mit rosa Puscheln am ganzen nackigen Körper auf extrem hohen 30cm Pumps. Der immer geile ›Junge Union‹-Funktionär ist genauso dabei wie Manuela die Ex-KGB-

Agentin und jetzige Besitzerin eines Nobel-Milchkaffee-Cafés in der Kollwitzstraße. Morgen werden sie alle wieder mit dem nötigen Ernst bei der Sache sein, werden den Wettbewerb hochleben lassen und engagiert das wahre Monopoly spielen, aber heute, heute ist Fun angesagt, heute wird action gepowert, heute werden alle 15 grade geseint und gelassen.
Wo früher die Medien eher ängstlich und aus der Ferne berichtet haben, da sind sie heute mittendrin. Is ja alles nur Show. Keine Bedrohung der Zivilisation. Is ja nur Spass.
Nur bei uns zuhause. Da sind diese schrecklichen Meereswürmchen. Aus jeder Ecke grinsen sie dich schadenfroh an. Jedes ist irgendwie anders, aber eigentlich alle gleich. Man könnte ihnen Namen geben aber wozu. 20 Kilo. Was für eine Menge. Das hätte es in der DDR nicht gegeben. Die SED wußte schon, warum es 20 Kilo Shrimps Packungen höchstens im Intershop gab. Sie wußte, dass die einfache Bevölkerung größtenteils nicht in der Lage ist, soviele Würmchen unter Kontrolle zu halten. Sie hatte ja Erfahrung mit immerhin 16 Millionen menschlichen Würmchen. Und wer hat zuhause schon einen eigenen Polizei- und Justizapparat, geschweige denn sowas Tolles wie die Staatssicherheit.
Berlin ist jetzt Hauptstadt des größten mitteleuropäischen Landes. Berlin hat jede Menge Mega-Events. Udo ›Hallöchen‹ Lindenberg und Otto ›Schiebt sie ab‹ Schily, Helmut ›Wo ist das Koks‹ Dietl und Gerd ›Was für ein Spiel‹ Rubenbauer. Sie alle haben es zusammen geschafft, dass Berlin endlich sein Schmuddelimage losgeworden ist. Dass Berlin heute in einer Reihe mit Mailand, London, Paris, New York, Tokio, Rio und Herne II genannt wird. Die Straßen werden wieder blankgeputzt und das Fußballspielen in den Grünanlagen verboten. Und weil alles andere teurer wird, gibt es als Ausgleich die Mega-Events. Brosamen für das Volk. »Hier, flippt ruhig etwas aus, dann seid ihr morgen schlapp und zufrieden! Hier, wir geben euch die Stars zum Anhim-

meln.« Hier, macht was draus und freundliche Polizisten begleiten euch auf Rollschuhen. »We are one Community.« »We are one Volk.« »Wir sind alle gleich.« Egal ob wir eine Million verdienen oder unter der Brücke schlafen. Jeder hat eben das Recht, so zu leben, wie er will. Macht euch frei von euren Denkblockaden. »Hier schlagt ruhig mal über die Stränge.« »Vergesst den Alltag, vergesst die Zwänge.«
Die Würmchen. Sie haben bei mir zuhause die Macht übernommen. Mit unsichtbaren Fesseln auf dem Rücken liege ich ans Bett gebunden. Um mich herum wilde Shrimps-Orgien. Eine wirkliche Love Parade der Meereswürmchen. Sie machen Kinder, »Children for a new Generation«, »For a future, where the Würmchen have the power«. Sie lachen böse. Sie wissen, dass die große Mehrheit der Bevölkerung im Mega-Event-Taumel ist. Die da draußen werden nichts mitkriegen. Wahrscheinlich werden sie nicht mal schnallen, wenn so ein ein Zentimeter großes rosa Ding an den Turntables fürs Wahnsinnsfeeling sorgt. Hauptsache die BpM's stimmen.

War 'n Versuch (II)

Allein im Zimmer steht der Computer. Seit Tagen schon. Den Bildschirm ziert ein kunstvolles Spinnennetz. Staub krönt sein stolzes Haupt. Vor ihm die Kaffeetasse schimmelt am schwarzen Satz. Hightech ungenutzt. Der Computer ist allein. Er döst. Er langweilt sich. Er möchte gerne eine geile Funsportart sein. Snowboarding, Freeclimbing oder Airsurfing, das wär doch was. Aber aus einem Computer wird nun mal keine Funsportart. Das geht nicht, weil es unmöglich ist. Dem macht die Materie einen Strich durch die Rechnung. Höchstens in der Phantasie ist es möglich.
Nee, auch nich.

Wo soll das alles nur hinführen?

Neulich wollte ich mit meinem Sohn mal auf den Fernsehturm. Der Fernsehturm ist ja in Berlin praktisch das höchste Gebäude, was es überhaupt gibt. Er ist höher als unser Haus, und wenn man auf unser Haus noch das Nachbarhaus und das Haus von gegenüber raufstellen würde, dann wäre der Fernsehturm trotzdem noch mal noch viel höher. Er ist auch höher als die Weltzeituhr plus Kaufhalle am Teutoburger Platz mal Brandenburger Tor. Er ist so hoch, dass man manchmal die Spitze gar nich mehr sieht, weil die Wolken ihn praktisch, ab einer gewissen Höhe, zudecken von unten. Also selbst die Wolken schaffen es manchmal nicht, so hoch zu fliegen, wie der Fernsehturm groß ist. Er is ja auch so hoch, ungefähr, wie hundert Kinderspielzeuglaster von etwa 3,65 Meter Höhe. Und dabei gibt es gar keine Spielzeuglaster, die 3,65 Meter hoch sind. Das muss man sich mal vorstellen! Ich denk mir immer wieder, das gibts doch gar nicht, so hoch ist der.
Ein Westberliner Taxifahrer, dem wir mal erzählten, wir kämen aus der Ecke von Lüneburg, der wollte uns sogar weismachen, der Fernsehturm wäre 500 Meter hoch. Das könnten wir ruhig glauben, schließlich käme er selbst aus Berlin und hätte schon den Bau der Mauer selbst, höchstpersönlich, am eigenen Leib miterlebt. Da taten wir so, als ob wir mächtig staunten und sagten: »Hui, hui, hui.« Und zur Belohnung kurvte uns der Abzocker noch 'n bisschen sinnlos durch die Stadt, wegen weil, deshalb eben.
Als ich das erste Mal auf dem Fernsehturm war, da war ich noch ein Kind. Ich war klein und dünn und leicht. Ich guckte aus den großen Fenstern hinunter auf die kleinen Menschen und die kleinen Softeise, die sie in ihren Händen hielten, und die kleinen Autos. Sogar die Westautos waren von hier oben klein. Ich stellte mir vor, wie diese kleinen Menschen diesen riesigen Turm wohl gebaut hatten. Ob sie erst

so von unten angefangen hatten und dann Stein um Stein, immer übereinander drauf und so und höher und höher und wieviele sind da wohl beim Bauen runtergefallen und wer hat da überhaupt aufgepasst, dass der auch gerade blieb, dass da nich plötzlich so 'ne Kurve drin reinkam, weil das hätte ja bestimmt nicht so schön ausgesehen und dann hätte der ja auch umkippen können. Oder hatten die ihn erst auf 'm Boden liegend so aneinanderfertiggebaut und dann schließlich mit Stricken und Hebeltrick hochgezogen. Mit Hau-Ruck! Dann 'ne Weile festgehalten und 'n paar Leute mussten dann Mörtel untenranklatschen, und bis das dann getrocknet war, so lange mussten immer noch, auch über Nacht, einige den Turm festhalten.
Heute weiß ich natürlich, dass das mit Technik gemacht wurde. Mit Kranautos und Elektromaschinen, mit Hubschraubern und EDV*. Und dass da erstmal 100 Ingenieure vorher Strichzeichnungen mit Bleistift und Lineal und weiß der Truthahn! Da wurde ja auch alles einberechnet. Der Wind und Sonne und wenn's mal regnet. Dis durfte ja nich gleich wieder weich werden, dis Material. Das hätte ja eine Katastrophe gegeben. Da wäre die Volksbühne kaputtgegangen und bis nach Pankow. Oder noch schlimmer, nach Westberlin rüber, über die Mauer, die im Arsch, dann die Amis mit Panzer, dann Weltkrieg und so weiter, womöglich. Und dann wäre alles anders gekommen, es hätte keinen Gorbatschow gegeben und Wolfgang Thierse wäre wohl heute kaum Bundesfinanzminister. Zum Glück waren die Ingenieure damals keine Kasperköppe und haben alles gut berechnet, obwohl sie, was man heute schnell vergisst, ja in Ostmark bezahlt wurden. Naja, aber damals war ich noch ein Kind und nicht so klug, sondern klein und dünn und leicht. Und mein Vater stark und hat mich auch einmal plötzlich hochgehoben und da hab ich so einen dollen Schreck bekommen, und von da an wollt ich beim Schwimmen nicht mehr ins Tiefe und Fahrrad fahren kann ich auch bis heute nicht.

Nun gut. 1968 ist nicht 1986 und 1977 schon gar nicht 2000. Ich also mit meinem kleinen Sohn da hoch. 10 Mark für Erwachsene, 5 für Kinder. Das war früher mal billiger. Die Ostschrippen waren auch besser und das Soziale, und die Menschen hielten sowieso besser zusammen. Und es gab nich soviel Gewalt und keine Pornos und man konnte auf der Straße Völkerball spielen.
Mein Sohn hält sich immer die Ohren zu, wenn ich mit dem Scheiß anfange.
Wir jedenfalls mit dem Fahrstuhl hoch und ich ganz aufgeregt und dann oben in der Kugel, die winzigen Menschen und die kleinen Autos. Sogar die Westautos. Das war lustig und auch beeindruckend und dahinten, da konnte man sehen wo wir wohnen, hier, da, da is sogar unser Fenster. »Hey, Oskar, komm doch mal! Guck dir das mal an! Da, da ganz klein, da, guck doch mal. Oskar, komm jetzt doch mal her!«
Doch Oskar saß an den Papierkorb gelehnt, neben dem Ausgang vom Fahrstuhl, und sortierte gedankenversunken seine Pokemon-Karten.
Manchmal beschleicht mich ein ungutes Gefühl, wenn ich diese Jugend so beobachte.

Der Teufel hatte endlich Kabelanschluß gekriegt.

Gewichtsprobleme

Wie ich einmal so auf meinem Zwölfzylindermotorrad saß und grade voll actionmäßig in die nächste Kurve einbiegen wollte, da bemerkte ich, beim mich in die Kurve Hineinlegen und dabei an mir Herunterschauen, da bemerkte ich, und es tat mir weh, dass ich es bemerkte, kurz und gut, ich bemerkte beim an mir Herunterschauen, dass sich doch dort tatsächlich, unter der fetzigen Ledermontur, kleine Speckrollen erhaben abzeichneten. Ich war fett geworden. Ich war, das wurde mir in dieser Hundertstelsekunde bewusst, ein fetter alter Sack geworden. Ich war ein fettes Schwein, unfähig Treppen zu steigen oder zum Beispiel durch enge Gassen der mich verfolgenden Polizei zu entkommen. Ganz klar, dass ich bei diesem Gedanken sofort die Kontrolle über mein Motorrad, über das 620 PS starke Höllengefährt, verlor und mit einer Geschwindigkeit, die jeder Beschreibung spottet, ungefähr 2000 Knoten in der Stunde, gegen einen Fahnenappellmast raste. Das millionenteure Zweirad war augenblicklich Schrott. Nur einer von zwölf Zylindern überlebte das Inferno, wenn auch äußerst schwer verletzt. Das Kunstleder der Sitzbank: total zerfetzt, überall sprießte das Polsterstroh heraus.
Das thailändische Polsterstroh, Direktimport aus den Bergen von Kuuh-Manthiyoong. Wertvoll wäre untertrieben. Nur ein Halm wird dort pro Jahr geerntet. Der mittelste Halm. Tausende der kleinen Bergbewohner messen Tag und Nacht, Monat um Monat, das Gebirge aus, um diesen einen Halm schließlich am 31. Dezember des thailändischen Kalenders unter dem frenetischen Getöse von Pauken und Trompeten feierlich zu fällen. Man kann sich ausrechnen, wie lange es dauert, bis die Füllung für eine normale Sitzbank, geschweige denn für meine Monsterhöllenapparatsitzbank geerntet ist. In diesem Fall über 35.000 Jahre. Zum Glück ist der Kurs der D-Mark gegenüber der thailän-

dischen Schmock-Währung seit ewiger Zeit stabil geblieben. Prima Leistung des damaligen Finanzministers Udo Schmock, der diese Phantasiewährung für die Schlitzaugen erfand und religiös den Wechselkurs auf ständig mit 1:452000000, für immer eins vor dir, festlegte.
Nur so konnte sich die heimische Motorradindustrie dieses kostbare Sitzbankfüllstoffmaterial überhaupt leisten, während die armen Bergbauern total angeschmiert sind. Warum die nich einfach alle Halme ernten? Aber das geht wohl nicht wegen ihrer Religion, naja. Was gehts mich an?! Mein Motorrad is kaputt, die Schrauben alle locker, ich selber bin total verletzt. Überall Kopfschmerzen, die Hose kaputt, die schöne neue Hose, die mit dem Gummizug, alles voller stecknadelkopfgroßer Löcher. Wie ein Schweizer Käse. Die kann ich jetzt wegschmeißen. Ich bin ruiniert. Und nur weil ich so fett geworden bin. Scheißsystem! Überall lauern die Leckereien. Und man hat ja auch soviel Frust wegen der ganzen Arbeitslosigkeit, die Jugend gerät immer mehr auf die Straße, aidskranke Babys rauchen harte Drogen, die Steuern steigen oder fallen, schneller, schneller, man kommt einfach nicht mehr mit. Frustfressen. Bis das Fett auf den Augäpfeln Tango tanzt. Ich kenne Leute, die haben vor der Wende kaum 50 Pfund gewogen, und heute muss, wenn sie umziehen wollen, das neue Haus per Hubschrauber über sie rübergestülpt werden. Amerika ick hör dir trapsen! Früher hätte ich nicht geglaubt, dass man vom Schokoladefressen Ohrenschmerzen kriegen kann. Und jetz is mein Motorrad kaputt. Die Girls werden mir nicht mehr hinterherpfeifen. Auch den Traum, einmal Rockstar zu werden, kann ich wohl vergessen. Ich werd nur noch fressen, und wenn ich Rentner bin, werden sie ein Altersheim über mich rüberstülpen. Und im Sommer wird mein Schweiß die angrenzenden Wiesen unter Wasser setzen und mein Bluthochdruck wird auf der nach oben offenen Dämlichkeitsskala die Schallmauer durchbohren, aber dafür kann mich

dann niemand mehr verantwortlich machen. Ätsche, Bätsche!

Die Tour frisst ihre Helden

Es ist Dienstag, 22.05 Uhr. 22.06 Uhr. 22.10 Uhr. Es ist Dienstag. Spät abends. Es ist dunkel. Es ist schon spät. 22.15 Uhr. Es ist schon sehr spät. Mir fällt gar nichts ein. Ich sollte vielleicht einfach schlafen. Vielleicht lieber morgen versuchen, was zu schreiben. Morgen ist ja Mittwoch. Mittwoch is eigentlich ein schöner Tag, um was zu schreiben. Mittwoch. Könnte man eigentlich machen. Könnte man früh anfangen, dann is es noch nich so spät. Dann hätte man auch Zeit. Is ja dann noch nich so spät, wenn es früh ist. Da hätte man genügend Zeit. Viele Stunden. Man könnte seine Gedanken einsammeln. Ein paar davon liegen bestimmt irgendwo rum. Klar, muss man suchen. Muss man. Hat man dann ja aber auch Zeit dafür. Is auch nich so dunkel. Is ja jetzt schon dunkel. Is ja schon spät. Is ja schon 22.30 Uhr. Na, noch nich ganz. Aber bald. Noch drei Minuten. Jetzt, jetz isses halb elf. 22.30 Uhr. Ich bin ganz schön müde. Die Igel, die sind ja jetzt unterwegs. Die suchen sich was zu fressen. Die sind ja am Tag, da schlafen die ja. Die gehen ja erst los, wenns dunkel ist. Vorher nich. Erst wenns dunkel ist. Dann gehen sie los. Dann gehn sie in einen Garten, und da fressen sie alles Mögliche. Die Igel. Die sind immer nachts unterwegs. Am Tag, da schlafen sie. Die gehen immer erst abends los. Denn am Tag da schlafen sie ja, wie ich das, glaube ich, schon hier mal bereits erwähnt habe. Die niedlichen Igel. Schade, dass ich kein Igel bin. Dann könnte ich jetzt eine lustige Geschichte schreiben. Ach nee, Igel können ja gar keine lustigen Geschichten schreiben. Aber wenn sie das könnten, dann würden sie das bestimmt nachts machen. Jedenfalls einige. Ein paar würden bestimmt auch erst morgens dran denken und dann in demselben Schlamassel sitzen wie ich jetzt. Die Doofen von den Igeln. Die so doof wie ich sind. Bei denen würde das dann in etwa so klingen: Es ist Mittwoch, 8.31 Uhr. 8.32 Uhr. 8.48 Uhr. Es ist Mittwoch. Früh morgens. Es ist hell. Es ist schon sehr früh. 8.53 Uhr. Uns fällt gar nichts ein. Und so weiter. Interessant nich!? Einfach verblüffend. Wie die Dinge sich gleichen. Obwohl Igel Stacheln haben und ich nur kurze Haare. Trotzdem im Prinzip dasselbe. Nur einmal spät und einmal früh. Bei ihnen früh, bei mir spät. 22.52 Uhr. Bald ist es elf. Da kann man beim besten Willen nichts mehr schreiben. Um elf, da muss man dann einfach den Stift beiseite legen. Klapp, das Schreibheft zuklappen, sich schön einkuscheln, die Augen sachte schließen und dann, ja ihr Igel, so ist das bei uns Menschen.

Nach dem Kampf

Staubkorn fällt herab
sanft und leicht
und erreicht
die Tischplatte ganz knapp
denkt sich Puh
endlich Ruh
dort droben hatt
ich Abenteuer, satt

Legende

S. 8: Screaming Jay Hawkins – Blues-Sänger und Musiker
S. 9: Jello Biafra – ehemaliger Sänger der ›Dead Kennedys‹, danach andere Alben mit verschiedenen Bands
S. 13: Papst – Oberhaupt der katholischen Kirche
S. 13: Vierte Heimliche Pforte – weiß ich auch nich mehr
S. 18: Gepard – ein Tier
S. 20: Reinhard Lauck – Fußballer des BFC Dynamo, später durch Alkohol und Liebesentzug zu Grunde gegangen
S. 22: Falko Hennig – später berühmter Schriftsteller aus Ostberlin (Reformbühne, Radio Hochsee)
S. 34: Votzenblock – militärischer Arm der Liga für Kampf und Freizeit. Männliche und weibliche Votzen kämpfen für eine bessere Welt
S. 34: Schoko-Laden – nette Kneipe in der Ackerstraße (Berlin-Mitte)
S. 34: illegale Drogen – is natürlich nur 'n Spass!
S. 34: Disco – Kurzwort für Discotheque (Tanzveranstaltung)
S. 34: Punker – auch Punks oder Punkrocker (Jugendgruppierung mit oftmals recht eigenwilligen Haarschnitten)
S. 35: Revolution – Umsturz; siehe auch ›technische Revolution‹, ›friedliche Revolution‹ oder ›die Revolution im Dienstleistungsgewerbe‹
S. 35: Stein – Michael Stein, berühmter Schriftsteller und Agitator (Reformbühne, Surfpoeten)
S. 36: Jakob Hein – berühmter Schriftsteller und Kinderpsychiater (Reformbühne, Charité)
S. 37: stilisierte Votze – sieht so aus: 
S. 37: Leutnant Surf – Offizier der Reserve und berühmter DJ, auch Lieutenent Surf oder Lt. Surf (Surfpoeten, DJ)
S. 38: Tarzan – Allround-Künstler und Bürgerschreck in Ost-Berlin
S. 52: Plan 9 from Outerspace – auch Plan 9, inzwischen aufgelöst (doch nich), einer von ihnen studiert Aktienkurse
S. 56: Hans Duschke – berühmter Schriftsteller (Dr. Seltsams Frühschoppen)
S. 56: Drogencocktail – nur 'n Spass
S. 58: Lance Armstrong – Radfahrer
S. 58: Scharping – Rudolf, auch Radfahrer
S. 61: Elisabeth Tessier – Wahrsagerin (hat fast immer recht, glaube ich)

S. 69: Horst Evers – berühmter Schriftsteller (Dr. Seltsams Frühschoppen)
S. 74: Hintze – Mordopfer (mysteriöse Geschichte)
S. 75: Sozi – in dem Fall Slangausdruck für ›Sozialhilfe‹
S. 76: SFE – Schule für Erwachsenenbildung
S. 76: Claudia Nolte – ehemalige Bundesfamilienministerin
S. 78: die aus dem Proberaum – Gruppe Ambush, inzwischen aufgelöste, lauteste Gruppe in der Lottumstrasse
S. 79: Oskar – mein Sohn, inzwischen schon sechs, aber noch genauso doof (nee, war 'n Spass)
S. 80: Reformbühne – Reformbühne Heim & Welt, wöchentlich neue Geschichtenvortragsveranstaltung
S. 87: Konsumhose – scherzhaft in der DDR für den letzten Dreck an Hosen
S. 89: Schotterplatzkäfig – in den späten 70ern eingerichtete Fußballkäfige auf roter oder schwarzer Schotterbasis
S. 92: Egon Krenz – ehemaliger Staatsratsvorsitzender der DDR
S. 92: Wolf Biermann – bekannter DDR-Dissident und Schlagersänger
S. 93: Erich Honnecker – ehemaliger Staatsratsvorsitzender (Frieden, Frieden und nochmals Frieden)
S. 93: Walter Ulbricht – ehemaliger Staatsratsvorsitzender
S. 93: Wilhelm Pieck – ehemaliger Staatsratsvorsitzender
S. 96: Gott – ehemaliger Staatsratsvorsitzender oder sowas Ähnliches
S. 104: Sarah Schmidt – berühmte Schriftstellerin (Dr. Seltsams Frühschoppen)
S. 106: Bov Bjerg – berühmter Schriftsteller (Reformbühne, Mittwochsfazit)
S. 113: Milan – Kumpel von Oskar, mittlerweile auch sechs Jahre, aber auch noch doof (nee, war auch nur 'n Spass)
S. 117: ›Lola rennt‹ – deutscher Film von 1998
S. 119: Jero – berühmter Übermirwohner
S. 121: Herr Gläser – Andreas Gläser, berühmter Schriftsteller (Chaussee der Enthusiasten)
S. 122: BFC Dynamo – elfmaliger Fußballmeister der DDR und beliebtester Club von vielen (mir)
S. 123: B. Z. – Berliner Boulevardzeitung
S. 123: Waffen und Drogen – nur 'n Spass
S. 125: 2-Tone – nach dem englischen 2-Tone-Label benannte Spielart des Ska

S. 125: Dan – auch DAN oder Dan Richter, berühmter Schriftsteller (Chaussee der Enthusiasten)
S. 138: Aule – dicke Spucke
S. 144: Bundeskanzler – war damals noch so
S. 152: EDV – elektronische Datenverarbeitung (Abkürzung)